SO[…]

Quand vous […] espondante !

De nouv[…]

Faire la guerre, faire la paix : formes de conflits et modes de résolution

Histoire et mémoire, histoire et justice

Identifier, protéger et valoriser le patrimoine : enjeux et géopolitiques

Fiches BAC

Tle générale

NOUVEAU BAC

HGGSP

SPÉCIALITÉ

Christophe Clavel
Professeur agrégé d'histoire-géographie

Florence Holstein
Professeure agrégée d'histoire-géographie

Barbara Jamin de Capua
Professeure certifiée d'histoire-géographie

Jean-Philippe Renaud
Professeur agrégé d'histoire-géographie

Laurent van De Wandel
Professeur agrégé d'histoire

Hatier

Maquette de principe : Frédéric Jély • **Mise en pages :** STDI
Iconographie : Sophie Suberbere • **Cartographie :** Philippe Valentin
Schémas dépliant : Nord compo • **Édition :** Aude Marot, Damien Lagarde

 ISBN 978-2-401-10470-9

L'environnement, entre exploitation et protection : un enjeu planétaire

L'enjeu de la connaissance

DÉPLIANT

Quatre cartes mentales
- Faire la guerre, faire la paix
- Histoire et mémoire du génocide des Juifs et des Tsiganes
- Les enjeux géopolitiques du patrimoine
- L'environnement : un enjeu planétaire

Océans et espace : quelles spécificités ?

1

☐ OK

Si la surface terrestre est presque totalement appropriée, les océans et l'espace constituent de nouveaux champs d'exploration et d'exploitation pour l'activité humaine, où presque tout est à construire.

I Une connaissance et une maîtrise en constante évolution

1 La « planète océane » : un espace encore mal connu

- La surface de la Terre est couverte à 71 % par les mers et les océans. Si la cartographie de la surface terrestre est achevée, seuls 10 % de la surface océane le sont, généralement près des côtes.

Chiffres clés

Les océans totalisent **362 millions de km²** et près de **1 320 millions de km³** d'eau, soit **97 %** de l'eau terrestre.

- Paradoxalement, on connaît mieux la topographie de la Lune et de Mars – dépourvues de masses liquides – que celle des océans. La bathymétrie (science de la mesure des profondeurs et du relief de l'océan) demeure mal connue : les campagnes de cartographie par sonars multifaisceaux sont longues et coûteuses. La première cartographie complète et à haute résolution du plancher océanique est annoncée pour 2030… La biodiversité marine est ainsi fort mal connue : 90 % des espèces marines resteraient à découvrir.

2 L'espace : une exploration à peine entamée

- L'espace – au-delà de l'atmosphère, soit environ 100 kilomètres d'altitude – est défini comme tous les objets extérieurs à la Terre. L'espace est infini au sens mathématique du terme.
- Sa connaissance et son exploration restent donc largement théoriques, et d'autant plus que l'on s'éloigne de notre planète :
  - espace circumterrestre, domaine des satellites ;
  - Lune, notre satellite, exploré par l'Homme en 1969 ;
  - système solaire, exploré par des sondes, surtout Mars et Vénus ;
  - objets transneptuniens, astéroïdes au-delà de l'orbite de Neptune, comètes, abordés par quelques sondes et surtout par télescopes.
- La sonde américaine *Voyager 1*, lancée en 1977, se trouve aujourd'hui à plus de 23 milliards de kilomètre de la Terre et vient d'entrer dans l'espace interstellaire.

II Les dernières frontières ?

1 Des espaces à conquérir

- La « frontière » envisagée ici n'est pas celle qui sépare des États. Ce terme, d'origine américaine (*frontier*), désigne la limite, sans cesse repoussée, entre civilisation et sauvagerie (*wilderness* ▶ FICHE 55).

- Océans et espace constituent les « dernières frontières », sorte de front pionnier le long duquel l'Humanité progresse et conquiert de nouveaux espaces.

2 Des milieux qui représentent de réels défis

Les défis sont multiples : températures extrêmes (3 °C dans les océans, – 140 °C dans l'hiver martien et – 273 °C théoriques dans le vide, mais + 465 °C sur Vénus), pressions extrêmes (du vide spatial aux 1 000 atmosphères du fond océanique), luminosité (à 150 m de profondeur océanique, 99 % de la lumière solaire est absorbé), radiations cosmiques dont nous protège la magnétosphère terrestre.

3 Le défi technologique

- Les technologies nécessaires existent, tant pour la conquête des océans que pour celle de l'espace péri-terrestre, voire martien. Mais le coût très élevé constitue le principal obstacle à la prochaine étape de l'histoire de l'Humanité.

- Pour la conquête spatiale au-delà de la banlieue terrestre, en revanche, on attend encore des technologies de rupture capables de repousser la *frontière*.

L'ESSENTIEL

Les dernières frontières ?

L'océan
- températures et pressions extrêmes
- très faible luminosité

→ **espace peu connu** (non cartographié à 90 %, et dont la biodiversité est inconnue à 90 %)

L'espace
- températures et pressions extrêmes
- radiations cosmiques
- très grandes distances

→ **exploration très limitée** du système solaire (Lune et Mars surtout) et nulle au-delà

Les enjeux géopolitiques d'une conquête : la course à l'espace

2

OK

La course à l'espace est d'abord le fruit de la rivalité américano-soviétique pendant la guerre froide. La fin de celle-ci permet l'avènement d'une nouvelle ère, faite de coopération, de l'arrivée de nouvelles puissances spatiales, et même de l'irruption du privé.

I La conquête spatiale pendant la guerre froide

- Les débuts de la conquête spatiale sont dominés par la **dimension politique**, à cause d'incontestables potentialités **militaires**. Les **Soviétiques** font la course en tête. En 1957, ils lancent le premier satellite artificiel, ***Spoutnik***, puis mettent en orbite la chienne Laïka ; leurs sondes *Luna* survolent la Lune et la photographient ; le 12 avril 1961, le premier homme dans l'espace est **Youri Gagarine** ; en 1965, Alexei Leonov effectue la première sortie extravéhiculaire.

- Les **Américains** s'efforcent de combler leur retard : en 1958 ils créent la NASA, qui lance le programme de vol habité *Mercury*. Le programme *Gemini* leur donne la maîtrise du vol spatial et débouche sur les missions *Apollo*. Et le **21 juillet 1969**, Neil Armstrong et Buzz Aldrin gagnent la **course à la Lune**. De 1969 à 1972, douze Américains foulent le sol lunaire.

> **Info**
> La **NASA** est la National Aeronautics and Space Administration, l'agence spatiale américaine.

- Les **Soviétiques** battus se recentrent alors sur des objectifs moins spectaculaires. De 1971 à 1986 sont placées en orbite **huit stations spatiales**, Saliout, Soyouz, Mir de 1986 à 2001, qui permettent d'accumuler de l'expérience en vol et en vie durable dans l'espace. Les **Américains** font le choix inverse, de **navettes spatiales** réutilisables, capables de missions fréquentes en orbite terrestre à partir de 1981.

II Coopérations et nouvelles puissances spatiales

- La **fin de la guerre froide**, en 1991, ouvre une nouvelle ère de coopération spatiale en raison de la baisse drastique des budgets spatiaux. La course à l'espace est devenue **commerciale** : les applications offertes par les satellites représentent plus de 300 milliards de dollars de chiffre d'affaires annuel.

- La coopération russo-américaine s'est traduite par des séjours communs à bord de Mir, puis le lancement de la **Station spatiale internationale** (ISS ▶ FICHE 5), en partenariat avec les agences spatiales européenne, canadienne et japonaise. En 1975 est créée l'Agence spatiale européenne (ESA) : la première fusée Ariane décolle de Kourou (Guyane) en 1979.
- De **nouveaux acteurs étatiques** sont apparus : la Chine, dont les ambitions sont immenses (sa station spatiale a été assemblée fin 2022), et l'Inde, avec des missions à bas coût. Israël, les Corées ou l'Iran se sont également lancés dans la course avec des objectifs militaires évidents (satellites espions, satellites tueurs).

III Le *New Space* : l'irruption du privé dans l'espace

> **Info**
> Le développement des entreprises privées vers l'espace a été baptisé ***New Space***.

- Essentiellement **américaines**, les entreprises d'Elon Musk (SpaceX), de James Cameron (Planetary Resources) ou de Jeff Bezos (Blue Origin) ne sont que les exemples les plus connus d'une nébuleuse d'**un millier d'entreprises** qui ont investi la course à l'espace.
- Leurs **objectifs** sont commerciaux mais **ambitieux** : fabriquer des lanceurs réutilisables, ravitailler l'ISS, connecter le monde entier à Internet (projet *Starlink*), développer le tourisme spatial, exploiter les ressources minières extraterrestres, coloniser la planète Mars (SpaceX)…
- Or, le traité de l'espace de 1967, qui interdit l'appropriation de l'espace ou des corps célestes par les États, ne concerne pas le secteur privé. En 2015, le Space Act du président Obama a autorisé les sociétés américaines à extraire les ressources minières des astéroïdes et des planètes.

L'ESSENTIEL

La conquête spatiale

1957	1958	12 avril 1961	21 juil. 1969
Spoutnik (URSS), 1er satellite artificiel	Création de la NASA (É.-U.)	Y. Gagarine (URSS), 1er homme dans l'espace	N. Armstrong (É.-U.), 1er homme sur la Lune

Les puissances maritimes

3

☐ OK

La puissance maritime, sous-marine et aéronavale, est aujourd'hui la composante essentielle de la dissuasion nucléaire et de la projection de puissance à l'échelle mondiale.

I Le « thalassokrator » américain

- Inégalée depuis 1945, la puissance maritime américaine s'appuie sur un **réseau mondial de bases et facilités navales**. Forte de 314 bâtiments de combat, dont 10 groupes aéronavals centrés sur des porte-avions géants de classes Nimitz et Ford, l'US Navy représente, avec 205 Mds $ de budget, **9 % des dépenses militaires mondiales**. 14 SNLE de classe Ohio, embarquant 24 missiles Trident II, assurent la permanence de la dissuasion nucléaire américaine.

> **Mot clé**
> Les **SNLE** sont les sous-marins nucléaires lanceurs d'engins, dont la mission consiste à rester cachés au fond des océans en attendant un ordre de frappe nucléaire stratégique.

- La classe de SNLE Columbia, en cours de construction, remplacera dès 2031 les SNLE Ohio. Un objectif de 350 bâtiments a été annoncé. Malgré les **coûts** astronomiques des armements modernes, les États-Unis demeurent la **seule puissance** capable de projeter **victorieusement** ses forces **simultanément** en plusieurs points du monde.

II Les puissances maritimes occidentales

1 La France

- La France dispose de **capacités de projection de rang mondial**. Le groupe aéronaval centré sur le porte-avions *Charles-de-Gaulle* – unique porte-avions nucléaire non américain capable de lancer tous types d'avions – peut intervenir rapidement sur les théâtres d'opérations les plus lointains. Ses six sous-marins nucléaires permettent le contrôle des espaces maritimes et les frappes par missiles de croisière.

- La **dissuasion nucléaire française** repose sur quatre SNLE, emportant des missiles nucléaires interconti-nentaux. La France dispose ainsi en permanence d'une capacité de seconde frappe.

> **Mot clé**
> Il s'agit de la **capacité de représailles** face à un adversaire qui utiliserait l'arme nucléaire en premier.

2 Le Royaume-Uni

- Première puissance maritime au XIXe siècle, le Royaume-Uni a fait le choix de l'**arrimage aux États-Unis** : sa dissuasion nucléaire repose ainsi exclusivement sur les SNLE de classe Vanguard équipés de missiles Trident II américains.
- Les autres pays « occidentaux » font progresser leurs marines de guerre depuis quelques années, en particulier pour contrer la menace chinoise et faire respecter leur sécurité territoriale (**Japon**, **Australie**).

III L'affirmation des puissances maritimes émergentes

- La **flotte russe** a nettement réduit son format depuis la fin de la guerre froide. Malgré la modernisation engagée par Vladimir Poutine, qui permet le maintien de la dissuasion nucléaire russe, la projection de puissance à partir du vieillissant porte-avions *Kouznetsov* est illusoire.
- La **Chine**, en revanche, est en plein essor et est à présent la **deuxième du monde** en tonnage, avec plus de 355 navires de guerre ▶ FICHE 7. Cantonnée au plan régional dans les années 2000, sa capacité de projection s'étend progressivement à l'échelle mondiale.
- L'**Inde**, à son tour, a entamé la modernisation de sa flotte de guerre pour construire une stratégie de sécurité et s'affirmer dans l'océan Indien. 7e au monde par le tonnage, la flotte indienne comprend notamment un SNLE pour la dissuasion nucléaire, des sous-marins français Scorpène, et l'INS Vikrant, le premier entièrement conçu en Inde.

L'ESSENTIEL

Les puissances maritimes

États-Unis
- 314 navires de combat
- 11 porte-avions
- 14 SNLE

Russie
- 1 porte-avions
- 13 SNLE

France
- 1 porte-avions
- 4 SNLE

Chine
- + de 600 navires de combat
- 2 porte-avions
- 5 SNLE

Royaume-Uni
- 2 porte-avions
- 4 SNLE

Inde
- 1 porte-avions
- 1 SNLE

Les zones de tensions maritimes

4

☐ OK

Mers et océans sont des territoires où s'affirment les puissances maritimes et où s'expriment leurs rivalités, révélant les recompositions géopolitiques du XXIe siècle.

I Une zone stratégique : l'océan Indien

1 Contrôler les routes maritimes

L'océan Indien constitue l'un des « ventricules du commerce international ». Sur cet « océan de transit » se croisent les routes maritimes commerciales qui connectent l'Asie orientale à l'Europe, *via* la route du Cap ou celle du canal de Suez. C'est également « l'autoroute des hydrocarbures ». Or, cet océan n'est connecté aux autres mers et océans que par quatre passages stratégiques.

> **Chiffre clé**
> **70 % des hydrocarbures** du Moyen-Orient sont acheminés vers la Chine, le Japon, la Corée du Sud et Taïwan.

2 Assurer la liberté de navigation

- Les Ve et VIIe flottes américaines, permanentes, basées à Bahreïn et à Singapour, contrôlent de près les détroits d'Ormuz et de Malacca, et assurent la liberté de navigation. Elles pourraient aussi frapper l'Iran ou couper l'approvisionnement de la Chine en pétrole.
- La France est la 2e puissance navale de rang mondial dans la zone. Elle bénéficie de sa présence territoriale à La Réunion et à Mayotte, mais aussi de ses bases de Djibouti et d'Abu Dhabi. Les forces navales et aériennes françaises assurent la liberté de navigation, la sécurité des territoires ultramarins et de leur ZEE, et la lutte contre la piraterie.

3 L'irruption des puissances émergentes

- La montée en puissance de la marine de guerre chinoise ▶ FICHES 7 ET 8 bouleverse les données géostratégiques. La Chine dépend en effet des routes maritimes pour ses exportations vers l'Europe (400 Mds €) et ses importations d'hydrocarbures en provenance du golfe Persique (90 % de sa consommation).
- Aussi a-t-elle développé un réseau de points d'ancrages et de facilités navales : le « collier de perles ». En 2017, elle a créé sa première base outre-mer, à Djibouti, à côté des bases française et américaine.

- L'**Inde** s'inquiète du déploiement de la puissance chinoise, qu'elle assimile à un encerclement régional. Elle multiplie les accords de défense et les installations de surveillance (îles Andaman). L'Indian Navy se développe ▶ FICHE 3.

II Une zone instable : la mer Méditerranée

- La Méditerranée est parcourue de **flux considérables** : Suez et Gibraltar sont les portes d'entrée qui connectent l'Europe au Moyen-Orient et à l'Asie. Anciens et nouveaux acteurs régionaux et mondiaux (non riverains) tentent d'y affirmer leur puissance ou leur souveraineté.
- Les pays riverains connaissent de fortes **tensions** avec la découverte de **gisements d'hydrocarbures** dans des ZEE mal définies (Israël/Liban ou Chypre/Turquie). Les contentieux anciens ne sont pas réglés, notamment entre la Grèce et la Turquie : en 2022, le président turc Erdogan menace d'invasion les îles grecques de la mer Égée.
- La **Chine**, nouvelle arrivée, développe ses points d'appui en Algérie (El-Hamdania), en Grèce (Le Pirée), en Égypte (Port-Saïd). La **Russie** profite de la guerre en Syrie pour restaurer son influence en Méditerranée orientale (bases syriennes de Tartous et Hmeimim).
- Les tensions sont vives en Méditerranée orientale depuis l'invasion de l'Ukraine par la Russie en 2022. Conformément à la Convention de Montreux de 1936, la Turquie a fermé les détroits du Bosphore et des Dardanelles aux navires de guerre, verrouillant l'accès à la mer Noire.

> **Info**
>
> Depuis l'entrée du Monténégro dans l'OTAN en 2017, l'OTAN contrôle tout le littoral nord-méditerranéen. La **base de Tartous** constituait alors l'unique accès russe à la Méditerranée.

L'ESSENTIEL

Une zone stratégique : l'océan Indien
- **routes maritimes commerciales** entre Europe et Asie
- export des **hydrocarbures** du Moyen-Orient
- **présence militaire** américaine et française (détroit d'Ormuz et corne de l'Afrique notamment)
- **marine de guerre chinoise** (« collier de perles »)

Une zone instable : la mer Méditerranée
- flux concentrés aux **détroits de Suez et Gibraltar**
- **tensions** entre pays riverains à propos des ZEE
- développement des **influences chinoise et russe**
- **Toulon**, port d'attache du *Charles-de-Gaulle*

Coopérer pour développer la Station spatiale internationale

5

☐ OK

La fin de la guerre froide a conduit les puissances spatiales, devant la baisse drastique des budgets militaires, à gérer leurs intérêts communs au travers de coopérations. Le bilan est cependant contrasté, comme le montre l'exemple de la Station spatiale internationale.

I La Station spatiale internationale (ISS)

- L'ISS est une **station spatiale habitée** en orbite terrestre basse vers 350 à 400 km d'altitude, ce qui exige moins d'énergie de la part des lanceurs et lui assure une moindre exposition au rayonnement cosmique. Mais cette position génère une traînée atmosphérique qui nécessite des corrections d'orbite périodiques.
- L'ISS est **le plus gros objet artificiel placé en orbite terrestre** : elle s'étend sur 110 m de long, 74 m de large, 30 m de haut et sa masse est de 420 tonnes. Elle comprend quinze modules pressurisés, dont quatre dédiés aux expériences scientifiques.

II Un exemple de coopération internationale

- Le projet est lancé en 1983 par le président **américain** Ronald Reagan, mais de multiples retards reportent le démarrage à 1998. En 1993, la **Russie** est invitée à participer au projet. Dès 1998, les agences spatiales **européenne**, **canadienne** et **japonaise** sont à leur tour associées. Chaque pays dispose de droits d'utilisation proportionnels à son investissement.
- L'ISS est occupée en permanence depuis 2000 par trois astronautes, puis six depuis 2009. Son utilisation est prévue jusqu'en 2030, puis elle sera remplacée par des stations spatiales privées.
- Le **bilan** de l'ISS est **positif** sur le plan des coopérations inter-agences. L'accident de la navette spatiale américaine Columbia en 2003, qui conduit à l'arrêt de ce véhicule de transport spatial en 2011, a en effet amené l'intervention des autres agences et même d'entreprises privées.

> **Info**
>
> L'**Agence spatiale européenne** (ESA) dispose de 8,3 % des droits d'utilisation de la partie non russe de l'ISS, ce qui permet l'envoi d'un astronaute 3 à 4 mois par an.
> Ainsi, le spationaute français Thomas Pesquet doit repartir pour une nouvelle mission de longue durée en 2021.

- Le **ravitaillement** et les **corrections orbitales** sont assurées par des vaisseaux russes (Progress), japonais (HTV), européen (ATV), américains privés (Cygnus d'Orbital Sciences, Dragon de SpaceX, Starliner de Boeing). La relève de l'équipage est assurée depuis 2020 par les vaisseaux russes Soyouz et les Crew Dragons de SpaceX. L'ISS a accueilli des astronautes de 36 nationalités différentes.

III Un bilan contrasté

> **Info**
>
> La station spatiale chinoise (CSS) est opérationnelle depuis 2023. D'une masse de 66 tonnes, elle accueillera 3 taïkonautes.

- Le coût de l'ISS, estimé à 115 milliards de dollars auxquels s'ajoutent 3 milliards par an, les retards accumulés, l'obsolescence rapide des composants, la sous-exploitation des modules d'expérimentation scientifiques et les problèmes budgétaires conduisent à l'**abandon programmé** de l'ISS pour 2030. Aucun successeur n'est prévu à ce jour. Le seul coût du démantèlement et de la désorbitation devrait dépasser 2 milliards de dollars.
- L'ISS a cependant permis l'**acquisition d'une expérience considérable** en matière de vol spatial. Les futures missions habitées vers la Lune et vers Mars capitaliseront sur cette expérience dans les domaines du vol orbital, de la conception et la maintenance des systèmes spatiaux, de l'adaptation de l'organisme humain à l'espace, etc.

L'ESSENTIEL

La Station spatiale internationale (ISS)

- **Projet** lancé par R. Reagan en **1983**, réalisé en **1998**
- Station spatiale **habitée en permanence** depuis **2000**
- Collaboration **internationale** (États-Unis, Russie, Europe, Canada, Japon)
- Acquisition de **connaissances** et **d'expérience**
- Budget annuel de **3 milliards de $**
- **Abandon programmé** de l'ISS en **2024**

Rivalités et coopérations pour les ressources des mers et des océans

6

☐ OK

L'appropriation des mers et océans est loin d'être achevée et moins encore consensuelle.

I L'appropriation étatique des mers et océans

- Mers et océans connaissent une phase de territorialisation croissante. Ce ne sont pas seulement des espaces de **libre circulation**, mais aussi des espaces de **ressources** variées. Les tensions qui en résultent ont conduit, en 1982, à la convention des Nations unies sur le droit de la mer, dite **convention de Montego Bay**.

> **Mot clé**
> La **territorialisation** est le processus de transformation d'un espace (ici maritime) en territoire, c'est-à-dire un espace approprié et organisé par une société humaine.

- La convention compartimente les espaces maritimes :

Mer territoriale	jusqu'à 12 milles marins des côtes	l'État riverain exerce une pleine souveraineté
Zone contigüe	jusqu'à 24 milles marins des côtes	l'État riverain dispose d'un droit de contrôle
Zone économique exclusive ou ZEE	jusqu'à 200 milles marins des côtes	l'État riverain jouit des droits d'exploitation exclusifs des ressources naturelles

Au-delà se situent les **espaces maritimes internationaux**, non appropriés. Les détroits internationaux sont réglementés par des conventions *ad hoc*, mais le droit de passage pacifique y est libre.

- La convention génère des différences considérables entre les États : France, États-Unis et Australie jouissent de ZEE très étendues, à l'inverse de la Chine. De nombreux **conflits interétatiques** se font jour pour l'appropriation des ressources halieutiques, énergétiques ou minières. C'est notamment le cas dans la zone arctique (Russie, États-Unis, Danemark, Canada) ou en Méditerranée orientale (Turquie, Chypre, Israël ▶ FICHE 4).

II La gestion commune de la biodiversité marine

- Au-delà des 200 milles marins des ZEE s'étend la **haute mer**, soit 43 % de la surface du globe. Or, en 2019, 66 % des océans enregistrent des **impacts humains cumulatifs** qui portent atteinte à la biodiversité.

- Depuis 2018, la **Conférence intergouvernementale sur la biodiversité marine**, émanant de l'ONU et qui rassemble tous les États membres, s'efforce de parvenir à un **traité** permettant la création d'aires marines protégées en haute mer, l'accès équitable entre tous les pays aux ressources marines, notamment génétiques, et rendant obligatoire les études d'impact environnemental lors d'activités en haute mer ou dans les grands fonds marins.
- Les **désaccords entre États**, notamment entre pays développés et émergents, restent très vifs. Une 5e session de négociations, suspendue en août 2022, semble proche d'un accord, malgré les tensions internationales.

III La lutte contre la pollution

- Mers et océans constituent le **déversoir des activités humaines** : 6 millions de tonnes de produits polluants y sont rejetées chaque année, dont un tiers provient des marées noires et autres nettoyages des cuves de pétroliers en pleine mer.
- La **pollution au plastique** est préoccupante. De faible biodégradabilité, la quasi-totalité des 100 millions de tonnes déversées dans les océans depuis un siècle s'y trouve encore. Lentement transportés par les courants, ces déchets s'accumulent dans de gigantesques gyres dont le plus grand est le vortex du Pacifique nord, aussi appelé « septième continent » ou « continent de plastique ».
- Certains États ont adopté des **dispositions légales** contre la pollution au plastique (en France, fin de tous les emballages plastiques à usage unique en 2040). Mais aucune coopération internationale ordonnée n'a vu le jour.

L'ESSENTIEL

L'appropriation des mers et océans	• conflits pour les ressources halieutiques, énergétiques et minières → **Convention de Montego Bay** (1982) sur l'espace maritime : mers territoriales, zones contigües, ZEE…
Une nécessaire gestion commune	• inégalité d'accès aux ressources marines • pollutions générées par les activités humaines → **Conférence intergouvernementale sur la biodiversité marine** (ONU) : protéger la haute mer et assurer un accès équitable aux ressources

La Chine à la conquête des nouveaux espaces : un projet politique

7

☐ OK

Après 40 ans d'une croissance économique exceptionnelle, la Chine commence à en percevoir les dividendes géopolitiques. Elle s'affirme comme une grande puissance, moins dans ses discours que dans ses investissements de souveraineté.

I L'affirmation de la Chine comme grande puissance

- Après le « siècle de la honte » (1842-1949), durant lequel la Chine fut dominée par les puissances coloniales européennes, le pays retrouve peu à peu le rang qui était le sien.
- Si le discours officiel chinois continue de se défendre d'une volonté de puissance de niveau mondial, ses actes donnent une tout autre image. Déjà, le consensus de Pékin s'affirme comme un modèle alternatif.

> **Info**
>
> Le **consensus de Pékin** est un modèle de relations bilatérales qui propose une aide au développement sans condition politique, en particulier démocratique, ce qui en fait le modèle favori de tous les dictateurs de la planète.

- L'extraordinaire croissance du PIB chinois, depuis quarante ans, lui donne aujourd'hui les moyens de son affirmation.
- Une lutte géopolitique s'annonce entre les États-Unis et la Chine, dont les manifestations s'expriment dans les domaines spatial et océanique. Le « rêve chinois » tant vanté par le président Xi Jinping n'est-il pas celui, prévu pour 2049 – le centenaire de la République populaire – de la domination mondiale ?

II Nouveaux investissements, nouvelles appropriations

1 Des objectifs géostratégiques et géoéconomiques

- Les objectifs stratégiques chinois dans le domaine océanique sont d'abord géoéconomiques : sécurisation des routes maritimes d'approvisionnement en énergie et matières premières, mais aussi d'exportation des produits manufacturés qui font du pays « l'usine du monde » et dont dépend la croissance (stratégie du « collier de perles » dans l'océan Indien ▶ FICHE 4).

- Les **objectifs sont aussi géopolitiques** : revendiquer le contrôle des « mers proches » (mers de Chine orientale et méridionale), remettre la main sur Taïwan, briser le confinement de la « première chaîne d'îles » (Japon, Taïwan, Philippines, Bornéo) contrôlée par les Américains, accéder au-delà de la deuxième chaîne d'îles (Mariannes, Guam) à une **capacité de projection globale** : en 2017, la Chine a ainsi ouvert sa première base militaire à l'étranger, à Djibouti.

2 Des moyens navals considérables

- Entre 2014 et 2018, la Chine a mis à l'eau l'équivalent de la **totalité de la puissance navale britannique**. C'est la première en nombre d'unités.
- Symboles de la puissance navale et de la capacité de projection mondiale, les **porte-avions chinois** sont déjà au nombre de trois : le *Liaoning*, racheté à l'Ukraine puis rééquipé, le *Shandong*, premier porte-avions entièrement construit en Chine, et le *Fujian* plus grand et plus moderne. D'autres sont en construction.
- Les **progrès** sont significatifs et le **budget** pour les armes nouvelles (missiles hypersoniques, canons électromagnétiques) en plein essor.

3 Des ambitions spatiales affirmées

- Le budget spatial chinois, bien qu'opaque, est estimé à **11 milliards de dollars**, presque quatre fois le budget russe ! En 2019, la Chine a effectué **34 lancements**, contre 45 pour les États-Unis et 25 pour la Russie.
- Significativement, la **coopération** avec les autres puissances en matière spatiale est très faible, notamment du fait des États-Unis.

L'ESSENTIEL

La volonté politique d'affirmation de la Chine

Domaine maritime
- sécuriser les échanges (« **collier de perles** »)
- **contourner l'influence américaine** dans la première chaîne d'îles (Taïwan, Japon...)
- contrôler les **mers proches**

→ armement d'une **flotte de combat**

Domaine spatial
- stimuler l'**innovation** scientifique et industrielle
- s'affirmer comme une **puissance technologique**

→ budget de **11 milliards de $**, projet de station spatiale

La Chine et la conquête des nouveaux espaces : de forts enjeux

8

☐ OK

Les projets chinois en matière de conquête des océans et de l'espace constituent des enjeux qui se situent à l'échelle planétaire.

I Des enjeux géoéconomiques planétaires

1 Une économie chinoise au cœur de la mondialisation

- Aujourd'hui, **90 % des produits manufacturés** sont acheminés dans le monde par voie maritime, de même que la **quasi-totalité des matières premières énergétiques et minières** dont la Chine a besoin. Le pays consomme en effet autant de métaux que le reste du monde et est le premier importateur mondial de pétrole.
- Il est donc essentiel de **contrôler les routes maritimes et les passages stratégiques**, dont le blocage entraînerait l'asphyxie de la machine économique chinoise.

2 La Chine, future clé de voûte du commerce en Eurasie

- Les nouvelles routes de la soie (plus de 1 000 milliards de dollars d'investissements) prévoient de développer les infrastructures de transport. Elles comprennent un volet maritime (création d'infrastructures portuaires).

> **Info**
>
> Les « **nouvelles routes de la soie** » ont porté plusieurs noms : « One Belt, One Road » (**OBOR**) et plus récemment la « Belt and Road Initiative » (**BRI**).

- Les **objectifs de la BRI** sont de sécuriser l'accès aux hydrocarbures et matières premières, d'intégrer à l'économie chinoise les économies du Sud-Est asiatique, mais aussi d'Afrique orientale, et de connecter le marché européen. Significativement les États-Unis – le grand rival – sont peu concernés par cette initiative.

3 L'espace, un enjeu économique

Les projets spatiaux doivent **stimuler l'innovation scientifique et industrielle** chinoise dans le cadre du rattrapage technologique engagé. La moitié environ des lancements spatiaux sont destinés à des **usages civils commerciaux ou mixtes**, tel le système chinois de positionnement par satellite Beidou-2.

II | Des enjeux géopolitiques vitaux

1 Contrôler les mers de Chine orientale et méridionale

- La mer de Chine orientale et méridionale constitue le lieu de déploiement de la puissance chinoise. Unique façade maritime de la Chine, elle est fermée par la première chaîne d'îles ▶ FICHE 7.
- Cet espace est l'objet de contestations avec tous les pays riverains, et le détroit de Malacca, verrou fondamental de la sécurité chinoise, est hors de portée. D'autant que la dissuasion nucléaire chinoise par SNLE, lesquels sont basés à Hainan, est hypothéquée par le confinement auquel l'astreint la marine américaine.
- La Chine a donc pour objectif de faire de cet espace sa « *mare nostrum* » (bétonisation d'îlots et installation de bases aéronavales), dans une politique du fait accompli au mépris du droit de la mer de la Cour permanente d'arbitrage de La Haye dans l'optique d'une réunification par la force de Taïwan au continent.

2 Développer un programme spatial ambitieux

- La militarisation de l'espace se traduit par le lancement de satellites de surveillance et de renseignement, notamment électromagnétiques, mais aussi d'armes antisatellites.
- La Chine pousse également ses projets de conquête spatiale : la station spatiale chinoise, Tiangong-3 est opérationnelle depuis 2022 ; la mission Chang'e-5 a permis de rapporter des échantillons lunaires en 2020 et de découvrir un nouveau minéral baptisé Changesite ; un établissement chinois permanent sur la Lune ; la mission Tianwen-1 a déployé sur Mars un orbiteur et un rover d'exploration.

L'ESSENTIEL

Les enjeux des conquêtes maritime et spatiale pour la Chine

Des enjeux géoéconomiques
- contrôler les **routes maritimes**
- développer les « **nouvelles routes de la soie** » (BRI)
- stimuler l'**innovation** scientifique et industrielle

Des enjeux géopolitiques
- contrôler les « **mers de Chine** », contrer l'influence des États-Unis
- conquérir l'espace avec un **programme spatial ambitieux** (station Tiangong 3, satellites espions...)

Quiz EXPRESS 9

Avez-vous bien révisé les fiches 1 à 8 ? On vérifie !

De nouveaux espaces de conquête

1 Conquête, affirmations et rivalités

▶ FICHES 2 À 4

1. Quelle est la part du budget de l'US Navy dans les dépenses militaires mondiales ?

☐ **a.** 3 % ☐ **b.** 6 % ☐ **c.** 9 %

2. La France est la 2e puissance maritime mondiale grâce à...

☐ **a.** sa ZEE. ☐ **b.** ses SNLE.

☐ **c.** son porte-avions nucléaire, le *Charles-de-Gaulle*.

2 Enjeux diplomatiques et coopérations

▶ FICHES 5 ET 6

1. La Station spatiale internationale a permis...

☐ **a.** des avancées scientifiques majeures.

☐ **b.** l'acquisition d'expérience en matière de vol spatial.

☐ **c.** une certaine pratique de coopération internationale spatiale.

2. À 150 milles marins de la côte d'un pays étranger, un navire :

☐ **a.** peut circuler pacifiquement. ☐ **b.** peut pêcher.

☐ **c.** doit quitter ces eaux territoriales.

3 L'affirmation de la Chine

▶ FICHES 7 ET 8

1. Le « siècle de la honte » est le siècle au cours duquel...

☐ **a.** la Chine a été colonisée par les États-Unis.

☐ **b.** la Chine a été colonisée par les puissances européennes.

☐ **c.** la Chine a colonisé l'Europe.

2. Quels sont les objectifs de la Chine dans le domaine maritime ?

☐ **a.** sécuriser ses approvisionnements et exportations

☐ **b.** contrôler ses mers proches en y imposant sa présence

☐ **c.** briser le confinement stratégique américain

3. Comment s'appellent les lanceurs spatiaux chinois ?

☐ **a.** Mao ☐ **b.** OBOR ☐ **c.** Longue Marche

CORRIGÉS

1 Conquête, affirmations et rivalités

1. Réponse c. Le budget de l'US Navy alimente 11 groupes aéronavals. Il est presque six fois supérieur à celui de la marine chinoise, qui atteint pourtant 35 milliards de $.

2. Réponses a, b et c. La ZEE française est la 2e du monde. Le *Charles-de-Gaulle* est le seul porte-avions non américain à disposer d'une propulsion nucléaire et capable de lancer tous types d'avions. La France bénéficie aussi de 4 SNLE.

À savoir

Les études pour la construction d'un **2e porte-avions nucléaire français,** plus vaste et ultramoderne, ont démarré et devraient s'achever à l'été 2020.

2 Enjeux diplomatiques et coopérations

1. Réponses b et c. Le cumul d'expérience est capital pour le vol spatial. La coopération internationale, rendue indispensable par la contraction des budgets spatiaux, est aussi un capital précieux pour les prochaines phases de la conquête spatiale.

2. Réponse a. À 150 milles marins, le navire est dans la zone économique exclusive du pays considéré. Il peut donc librement la traverser, mais n'a pas le droit d'y pêcher puisque les ressources de la ZEE appartiennent exclusivement à ce pays étranger.

3 L'affirmation de la Chine

1. Réponse b. Le « siècle de la honte » commence pour la Chine lors des guerres de l'opium, dont la première se termine en 1842 par le traité de Nankin, imposé à une Chine en déclin par des puissances européennes impérialistes.

2. Réponses a, b et c. Dans le domaine maritime, la Chine veut sécuriser les routes maritimes de ses importations et exportations, mais aussi contrôler ses « mers proches » et briser le confinement stratégique américain.

3. Réponse c. Le nom de « Longue Marche » fait référence au périple mené par l'armée communiste entre 1934 et 1935, sous le commandement de Mao Zedong, pour fuir l'armée du Kuomintang pendant la guerre civile chinoise, qui s'achève par la victoire des communistes en 1949.

*FLASH*CARDS

10

Mémorisez les idées clés des fiches 1 à 8

De nouveaux espaces de conquête

1

Quelles conditions physiques rendent les océans et l'espace complexes à conquérir ?

▶ FICHE 1

2

Quelles sont les grandes puissances maritimes ?

▶ FICHE 3

3

Quels sont les points d'entrée stratégiques en mer Méditerranée ?

▶ FICHE 4

4

Donnez un exemple de coopération des puissances spatiales.

▶ FICHE 5

5

À quelle occasion l'appropriation des espaces océaniques a-t-elle été définie ?

▶ FICHE 6

6

De combien de porte-avions nucléaires la Chine dispose-t-elle en 2020 ?

▶ FICHE 7

7

Quelles données peuvent montrer les ambitions spatiales de la Chine ?

▶ FICHES 7 ET 8

8

Quels sont les objectifs du programme spatial chinois ?

▶ FICHE 8

RÉPONSES

Pour mieux ancrer les connaissance, découpez les cartes et jouez avec !

2

Les **États-Unis** sont la première puissance maritime. Les puissances occidentales (**France, Royaume-Uni**) possèdent des flottes modernes, mais les puissances émergentes, surtout la **Chine**, se développent vite.

1

Progresser dans les océans et l'espace est rendu difficile par :
- les **températures extrêmes** ;
- la **pression extrême** ;
- les **radiations cosmiques** (dans l'espace uniquement).

4

Les puissances spatiales coopèrent dans l'**exploitation de l'ISS**. Même si son coût est élevé et son bilan scientifique mitigé, l'ISS permet d'**acquérir l'expérience** nécessaire aux futurs vols habités.

3

Les deux **points d'entrée stratégiques** en mer Méditerranée sont :
- le **détroit de Gibraltar** à l'ouest ;
- le **canal de Suez** à l'est.

6

La **Chine** possède **trois porte-avions** actuellement en service (qui ne sont pas à propulsion nucléaire) ; d'autres sont en construction.

5

L'**appropriation des espaces océaniques** a été défini en **1982** par la **Convention de Montego Bay**, mais cela n'a pas mis fin aux rivalités entre États.

8

La **Chine** développe un **programme spatial** ambitieux qui touche le **domaine militaire orbital** et prévoit : l'exploitation de sa **station spatiale**, la création d'une **base lunaire** et la conquête de **Mars**.

7

- **Budget spatial** chinois de **11 milliards de $** en 2018.
- **56 lancements** effectués en 2021 (1er rang mondial).
- **2 alunissages** effectués (2013 et 2019).

Panorama des conflits armés actuels

11

☐ OK

En 2022, on dénombre 23 conflits armés dans le monde. Différentes échelles permettent de les appréhender.

I À l'échelle mondiale : une forte concentration

- La majeure partie des conflits armés sont concentrés dans un espace allant de la **bande sahélo-saharienne jusqu'à l'Asie centrale** : il s'agit de l'« arc de crise » défini par le *Livre blanc sur la défense et la sécurité nationale* de 2008. Avec l'invasion de l'Ukraine par la Russie en 2022, le continent européen est à nouveau touché par la guerre.

- Le **Proche** et le **Moyen-Orient** apparaissent comme un épicentre des conflits armés dans le monde : les guerres en Syrie, au Yémen, en Irak, en Afghanistan ou au Pakistan sont les plus meurtrières.

Chiffre clé

La guerre en Syrie a causé la mort de près de **400 000 personnes**, sur 12 millions d'habitants.

II Aux échelles continentale et régionale : l'exemple des conflits africains

1 Un continent déstabilisé par les conflits

- La majeure partie du continent africain est le théâtre de conflits armés de plus ou moins grande intensité. Depuis les années 1960, marquées par l'accès aux indépendances, les guerres ont causé la **mort de près de 10 millions de personnes**.

- Les trois grandes régions de conflits sont : le **Sahara et sa frange sahélienne**, foyer du terrorisme international ; la **corne de l'Afrique et le golfe de Guinée**, hauts lieux de la piraterie ; l'**Afrique équatoriale**.

2 Une région conflictuelle : le Sahara

- Depuis le début du XXIe siècle, le Sahara est devenu un théâtre d'action du **terrorisme international** avec l'implantation d'AQMI (Al-Qaida au Maghreb islamique), puis de groupes liés à Daech.

- La chute du régime du colonel Kadhafi en Libye en 2011 puis la guerre civile entraînent des **flux d'armes et de combattants** qui alimentent ce foyer régional.

III À l'échelle nationale et locale : l'exemple de l'Afghanistan

1 Un conflit de quarante ans

- Depuis l'invasion militaire soviétique de 1979, l'Afghanistan est en guerre de façon quasi permanente. De 1979 à 1988, l'Armée rouge est aux prises avec la **résistance afghane** aidée par les États-Unis. Le pays est ensuite déchiré par les **luttes entre les seigneurs de la guerre**. En 1996, les **talibans** s'emparent du pouvoir et protègent Al-Qaida.

- Après les **attentats du 11 septembre 2001**, l'OTAN intervient militairement contre le régime des talibans. Mais cette intervention s'enlise. De 2011 à 2014, l'OTAN transfère à une armée nationale la responsabilité de la sécurité du pays. En 2021, les talibans reprennent le pouvoir.

> **Mot clé**
>
> L'**Organisation du traité de l'Atlantique nord** est créée en 1949 à l'initiative des États-Unis pour assurer une protection militaire aux pays occidentaux.

2 Un épicentre : Kaboul

La capitale est un **théâtre d'affrontement privilégié** : espace densément peuplé, siège du pouvoir politique, bases militaires étrangères. Kaboul est ainsi le lieu d'**attentats-suicide menés par les talibans** au nom de la lutte contre le pouvoir en place et l'OTAN, puis par l'État islamique contre les talibans. Les **civils** sont la cible privilégiée.

L'ESSENTIEL

	Exemples de conflits armés
Échelle mondiale	**Proche et Moyen-Orient**, et **Afrique saharienne** depuis les révolutions arabes de 2011
Échelle continentale	**Afrique** : Sahara et Sahel (terrorisme islamique), corne de l'Afrique et golfe de Guinée (piraterie)
Échelle régionale	**Sahara** : terrorisme accentué par la chute du régime de Kadhafi en Libye en 2011
Échelle nationale	**Afghanistan** : durant la guerre froide, guerre civile puis intervention de l'OTAN contre les talibans (2001-2014)
Échelle locale	**Kaboul** : attentats-suicides menés par les talibans contre la présence occidentale

Nature, acteurs et modes de résolution des conflits

12

☐ OK

Tenter une typologie des conflits armés dans le monde nécessite de prendre en compte leur nature, les acteurs impliqués et leurs modes de résolution.

I Des conflits de natures diverses

1 Des conflits inter et intra-étatiques

- La grande majorité des conflits armés actuels sont des **conflits intra-étatiques**. Ils opposent des gouvernements et des groupes armés rebelles (Pakistan). Les **conflits interétatiques** sont peu nombreux mais plus médiatisés (invasion de l'Ukraine par la Russie en 2022).
- Cependant, l'**intervention de puissances étrangères** brouille les différences (interventions américaine et russe dans la guerre civile syrienne).

2 De multiples enjeux

- Les enjeux sont d'abord **politiques** : **rivalité** entre puissances (Arabie saoudite et Iran) ; **contentieux territorial** (Inde et Pakistan au Cachemire) ; **séparatisme** à base identitaire (Tchétchènes en Russie).
- Ils sont aussi **économiques** : maîtrise des routes commerciales ; accès aux ressources naturelles (pétrole au Sud-Soudan).
- Ils sont enfin **idéologiques** : « guerre sainte » anti-occidentale (Boko Haram au Nigeria, Cameroun, Tchad et Niger). Ils masquent souvent des problèmes de mal-développement dans des États fragiles.

3 Des conflits d'inégale intensité

- On distingue des conflits de **forte intensité** (affrontements armés fréquents : Ukraine), d'**intensité moyenne** (affrontements sporadiques : Mali), des **conflits latents** (affrontements occasionnels : Égypte).
- On fait également la distinction entre **conflits majeurs** (plus de 1 000 morts par an) et **conflits mineurs** (de 25 à 1 000 morts par an).

II Des acteurs multiples

- Les **États** sont des acteurs majeurs des conflits grâce à leur puissance militaire. Les **États-Unis**, présents dans le monde entier (flottes et bases militaires ▶ FICHE 3), restent leaders. Ils sont toutefois concurrencés par la **Chine** et la **Russie**.

- L'Organisation des Nations unies (ONU) intervient dans les zones de conflit en envoyant ses Casques bleus avec pour mission de maintenir la paix. Des organisations régionales (OTAN, Union africaine) mènent des opérations militaires ayant le même objectif.
- Des sociétés militaires privées agissant pour le compte des États interviennent sur les théâtres d'opération (Irak, Mali). Des combattants irréguliers (milices) affrontent des armées régulières (mission de l'OTAN en Irak depuis 2018).

III Des conflits inégalement résolus

- Les traités de paix signés entre les belligérants permettent de mettre fin à un conflit (en 2016, accord entre les FARC et le gouvernement colombien).
- Les cessez-le-feu fixent l'arrêt des combats, en attendant un éventuel accord de paix (cessez-le-feu au Cachemire depuis 1949 entre l'Inde et le Pakistan).

Info

Les **FARC** (Forces armées révolutionnaires de Colombie) sont une guérilla marxiste agissant depuis 1964.

- Certains conflits sont en attente de résolution. Bien qu'ils soient suspendus par une opération de maintien de la paix (mission de l'OTAN en Afghanistan depuis 2015), ils perdurent sous d'autres formes : attentats, assassinats, etc.

L'ESSENTIEL

Des conflits de natures diverses

... par leurs acteurs
- **intra-étatiques** (régions tribales du Pakistan)
- **interétatiques** (Russie contre Géorgie en 2008)
- intervention de **puissances étrangères** (États-Unis et Russie dans la guerre civile en Syrie)

... par leurs enjeux
- **politiques** : rivalités, séparatisme...
- **économiques** : accès aux ressources...
- **idéologiques** : imposer un modèle de société

... par leur intensité
- **forte** : affrontements armés fréquents (Syrie)
- **moyenne** : affrontements sporadiques (Mali)
- **latente** : affrontements occasionnels (Égypte)

La guerre selon le modèle de Clausewitz

13

☐ OK

Le Prussien Carl von Clausewitz est considéré comme le grand théoricien de la guerre moderne. Ses réflexions s'avèrent souvent pertinentes au regard des conflits qui déchirent l'Europe, de la guerre de Sept Ans (1756-1763) aux guerres contre la France (1793-1815).

I La théorie militaire de Clausewitz

1 Clausewitz, homme d'action et intellectuel

- Carl von Clausewitz (1780-1831) participe en tant qu'officier prussien aux guerres contre la France révolutionnaire (1792-1794) et impériale (1806-1815). Il combat notamment la Grande Armée lors de la **bataille de Waterloo** (1815).
- Parallèlement, il enseigne à l'École générale de guerre de Berlin à partir de 1810. Il en devient directeur à partir de 1818, poste qu'il occupe jusqu'en 1830. Il élabore alors une **théorie militaire** qu'il développe dans son traité *De la guerre*, publié à titre posthume à partir de 1832.

2 Un théoricien de la guerre moderne

- Selon Clausewitz, « la guerre n'est que la **simple continuation de la politique par d'autres moyens** » (livre I) : il estime que la guerre n'est qu'un moyen, parmi d'autres, du politique pour atteindre ses objectifs.
- Il assimile la guerre à un **duel entre États** qui mobilisent leurs moyens militaires pour soumettre leurs adversaires, voire les anéantir : d'où l'enjeu de la **bataille décisive**, « centre de gravité de la guerre ».
- Il souligne la singularité de chaque guerre, qui combine trois principes : le **principe politique**, le **principe militaire** et le **principe populaire**. Il constate que les guerres révolutionnaires ont accru l'importance de ce dernier.

II La théorie à l'épreuve des conflits modernes

1 La guerre de Sept Ans (1756-1763)

- Ce **conflit européen**, auquel le père de Clausewitz a participé, oppose l'Angleterre et la Prusse d'une part, à la France, l'Autriche et leurs alliés (Russie, Suède, Espagne, princes allemands) de l'autre.

- Les enjeux sont bien politiques : l'Autriche veut reprendre la Silésie, perdue lors de la guerre de Succession d'Autriche, à la Prusse ; la France et l'Angleterre rivalisent pour étendre leurs empires coloniaux.

- Cette guerre oppose des États qui sont les grandes puissances militaires du XVIIIe siècle. Elle est ponctuée de batailles décisives comme celle de Rossbach (1757) remportée par l'armée prussienne sur l'armée française, considérée jusque-là comme la première d'Europe.

> **À noter**
> La guerre de Sept-Ans marque le **recul de la puissance française** en Europe et outre-mer.

2 Les coalitions contre la France révolutionnaire et impériale (1793-1815)

- De 1793 à 1815, durant la Révolution puis l'Empire, la France fait face à sept coalitions européennes successives. Les enjeux en sont idéologiques (lutter contre les principes révolutionnaires pour éviter la « contagion révolutionnaire ») et politiques (renverser la domination française pour rétablir un équilibre européen).

- Il s'agit bien d'une confrontation entre États : la France affronte quasiment seule de nombreux États coalisés (en particulier l'Angleterre, l'Autriche, la Prusse et la Russie). La bataille d'Austerlitz (1805) permet à Napoléon Ier de consolider sa domination sur l'Europe.

- La mobilisation populaire souligne la singularité française : le système de la conscription (1798) permet la constitution d'une véritable armée nationale.

> **Mot clé**
> Selon le système de la **conscription** institué par la loi Jourdan (1798), tous les Français âgés de 20 à 25 ans peuvent être mobilisés.

L'ESSENTIEL

La guerre selon Clausewitz dans *De la guerre* (1832)

Une théorie militaire...
- guerre = opposition **entre États**
- guerre = « **continuité de la politique** par d'autres moyens »
- guerre = combinaison de **trois principes** (politique, militaire et populaire)

... expliquant les conflits de l'époque
- prépondérance des **enjeux politiques**
- aspect décisif des **batailles**
- importance de la **mobilisation populaire**

Le modèle de Clausewitz à l'épreuve des « guerres irrégulières »

14

☐ OK

Avec l'essor du terrorisme islamiste, une partie des conflits du XXIe siècle prennent la forme de guerres irrégulières et asymétriques : ils opposent des États à des groupes moins puissants mais qui les frappent sur leurs points faibles. La théorie militaire de Clausewitz est alors remise en cause.

I L'affirmation d'acteurs non étatiques

1 L'émergence d'Al-Qaida

- À partir des années 1990, les États se trouvent confrontés à une organisation terroriste agissant en réseau à l'échelle mondiale : Al-Qaida. Le monde entre alors dans l'ère du terrorisme global. La guerre change de nature : elle devient à la fois irrégulière et asymétrique.

Mots clés

- Une **guerre irrégulière** est un conflit armé sans distinction entre combattants et non combattants ni terrain d'affrontement circonscrit.
- Une **guerre asymétrique** se caractérise par un déséquilibre notable des forces militaires antagonistes.

- Al-Qaida (« la base » en arabe) est fondée en 1988 par le Saoudien Oussama Ben Laden, ancien allié des États-Unis dans la lutte antisoviétique en Afghanistan. Les attentats du 11 septembre 2001 contre le World Trade Center à New York et le Pentagone à Washington lui donnent une visibilité mondiale.
- Si le président américain George W. Bush déclare alors « la guerre au terrorisme », son adversaire n'a ni direction centralisée, ni territoire défini. Al-Qaida est une nébuleuse qui se ramifie dans le monde entier.

2 L'essor de Daech

- À partir de 2014, l'organisation État islamique en Irak et au Levant, ou Daech, prend le nom d'État islamique (EI). Celui-ci se dote d'un territoire qui fait fi des frontières étatiques puisqu'il s'étend sur 200 000 km^2, à cheval sur la Syrie et l'Irak.
- Grâce au recrutement de djihadistes venus du monde entier et à l'affiliation de groupes terroristes locaux (Boko Haram au Nigeria), l'EI multiplie les attentats à l'échelle planétaire. Il s'agit d'un terrorisme hybride, à la fois global et territorial.

II Des conflits d'un genre nouveau

1 Des enjeux transnationaux

- L'enjeu des guerres menées par ces organisations terroristes est avant tout **idéologique** : il s'agit, au nom d'une interprétation littérale et stricte du Coran, de lutter contre les valeurs occidentales. D'où l'importance de la **propagande** développée *via* Internet et les réseaux sociaux.
- Pour les États ciblés par les attentats, l'enjeu est avant tout **sécuritaire** et **politique** : protéger les citoyens et leur prouver la capacité à le faire.

2 L'abolition des limites

- Al-Qaida et l'EI ne font **aucune distinction entre les combattants et les non combattants.** Les civils sont les principales victimes de leurs attentats (attentats de janvier 2015 en France).
- Leur champ de bataille est **planétaire**. Si les pays occidentaux sont des cibles privilégiées, l'Irak, l'Inde, la Somalie, le Pakistan ou le Nigeria sont particulièrement touchés.
- Enfin, il n'y a **pas de bataille décisive**. Ainsi, la disparition du territoire de l'EI en mars 2019 ne met pas fin aux attentats perpétrés par des djihadistes qui s'en réclament (Sri Lanka, avril 2019 ; Afghanistan, septembre 2022).

3 L'impuissance des États

Face à un adversaire protéiforme qui peut frapper à tout endroit, à tout moment, les États semblent **impuissants**. Même coalisés, comme en Syrie, ils ne viennent pas à bout de leur ennemi. La « guerre contre le terrorisme » montre là ses limites. C'est sans doute qu'ils en sous-estiment les raisons profondes : **les retards de développement** et les **fortes inégalités sociales** qui alimentent le vivier des djihadistes.

L'ESSENTIEL

L'affirmation d'acteurs non étatiques	**Al-Qaida** (à partir des années 1990) • réseau terroriste mondial **État islamique** (à partir de 2014) • réseau terroriste mondial • conquête de territoires en Syrie et en Irak
Des conflits d'un genre nouveau	• motifs idéologiques : islam radical *vs* Occident • pas de distinction entre combattants et civils • pas de bataille décisive • impuissance des États à rétablir la sécurité

Faire la paix par les traités : les traités de Westphalie (1648)

15

☐ OK

De 1618 à 1648, la guerre de Trente Ans voit s'affronter les États européens. Au terme de négociations entamées en 1644, ceux-ci signent les traités de Westphalie. Ces textes consacrent le rôle primordial des États dans les relations internationales.

I La guerre de Trente Ans (1618-1648)

1 Les enjeux du conflit

- L'enjeu de la guerre est avant tout politique : il s'agit pour la dynastie des Habsbourg de Vienne d'imposer la domination du Saint-Empire romain germanique sur l'Europe. Ce projet est contrarié par le morcellement politique de son territoire, qui comprend plus de 350 États, et par le caractère électif de la couronne impériale.

À savoir

De 1356 à 1806, l'empereur du Saint-Empire romain germanique est élu par sept puis neuf **princes-électeurs**.

- L'enjeu est en même temps religieux : les Habsbourg entendent imposer le catholicisme à une Europe divisée entre catholiques et protestants. Cependant, au sein même de leurs territoires, ils font face à des princes protestants comme l'Électeur palatin.

2 Un conflit à plusieurs échelles

- Le conflit est d'abord interne au Saint-Empire : après la défenestration de Prague (1618), il oppose les Tchèques protestants de Bohême, aidés des princes allemands protestants, à l'empereur Ferdinand II, soutenu par les Habsbourg d'Espagne. Ce dernier, qui réprime férocement la révolte, l'emporte dès 1620.

Date clé

Le **23 mai 1618**, en réaction à la fermeture de deux temples, des protestants de Bohême jettent par la fenêtre du Conseil de la ville deux gouverneurs impériaux.

- Le conflit devient ensuite européen avec l'intervention, aux côtés des princes protestants, du Danemark, de la Suède puis de la France. Finalement, à la suite de victoires décisives de l'armée française sur les armées espagnoles (Rocroi, 1643) et à l'offensive suédoise au cœur de l'Empire, l'empereur Ferdinand III doit se résigner à la paix. C'est pourquoi, dès 1644, les États belligérants entament des négociations.

II La paix de Westphalie

1 La réorganisation territoriale de l'Europe

- En 1648, deux traités mettent fin à la guerre de Trente Ans. Le premier est signé à Osnabrück entre l'empereur Ferdinand III et la Suède ; le second à Münster entre l'empereur et la France.

- Le Saint-Empire perd de nombreux territoires : la Suède reçoit une partie de la Poméranie, ce qui lui permet de contrôler les embouchures de grands fleuves comme l'Elbe ; la France obtient l'Alsace (sans Strasbourg). Les Provinces-Unies et la Confédération helvétique gagnent leur indépendance. Le Brandebourg s'étend.

2 De nouvelles règles internationales

- Les traités de Westphalie instaurent de nouveaux principes devant présider aux relations entre les États d'Europe : c'est la naissance d'un « système westphalien », en vigueur jusqu'au début du XXe siècle.

- En premier lieu, les traités affirment le rôle fondamental des États, égaux entre eux, dans les relations internationales. Ensuite, ils reconnaissent la souveraineté de chacun d'eux et excluent toute ingérence dans les affaires internes, qu'elles soient religieuses ou politiques. Enfin, ils visent à un équilibre entre États, garant de la paix.

- Par ailleurs, les traités confirment le principe de l'unicité de la confession du prince et de ses sujets en vertu de l'adage « *Cujus regio, ejus religio* » (« Tel prince, telle religion ») : en reconnaissant la division religieuse de l'Europe, les États enterrent le rêve impérial d'une religion catholique universelle.

L'ESSENTIEL

Les traités de Westphalie (1648)

La réorganisation territoriale de l'Europe
- **le Saint-Empire perd des territoires** : l'Alsace au profit de la France, une partie de la Poméranie au profit de la Suède
- **indépendances** : Provinces-Unies et Confédération helvétique

De nouvelles règles internationales
- rôle fondamental des **États, égaux entre eux**
- **souveraineté et indépendance** des États
- **unicité de la confession** sujets/souverain
- assurer la paix par un **équilibre** entre États

Faire la paix par la sécurité collective : l'ONU sous Kofi Annan

16

☐ OK

Secrétaire général de l'Organisation des Nations unies de 1997 à 2006, Kofi Annan est confronté à un monde multipolaire où les sources de conflits sont nombreuses.

I Un contexte nouveau

- Pendant la guerre froide (1947-1991), le fonctionnement de l'Organisation des Nations unies (ONU) est paralysé par l'opposition entre les États-Unis et l'Union soviétique, qui usent de leur droit de veto comme une arme géopolitique.
- À partir des années 1990, avec la disparition du bloc soviétique, 30 nouveaux États intègrent l'ONU, dirigée par l'Égyptien Boutros Boutros-Ghali. Le Ghanéen Kofi Annan lui succède en 1997. En poste jusqu'en 2006, il s'efforce de développer les instruments de la sécurité collective.

> **Mot clé**
>
> La **sécurité collective** est le principe selon lequel les États doivent répondre collectivement aux atteintes à la paix.

II Les avancées de la sécurité collective

1 La création de la Cour pénale internationale

En 1998, la majorité des États membres de l'ONU signe le statut de Rome pour fonder une cour internationale de justice chargée de juger les auteurs de génocide, de crime de guerre et de crime contre l'humanité. La Cour pénale internationale (CPI) se met en place en 2002.

2 Les Objectifs du Millénaire pour le développement

Considérant que le mal-développement menace la paix, les membres de l'ONU adoptent une déclaration commune fixant huit objectifs à atteindre en 2015. Il s'agit notamment de réduire l'extrême pauvreté, d'assurer l'éducation primaire pour tous et d'instaurer un partenariat mondial pour le développement.

3 La responsabilité de protéger (2005)

- Au sommet mondial de 2005, les États membres votent le principe de responsabilité de protéger : responsabilité juridique des États souverains à protéger leur population contre les génocides, les crimes de guerre, les nettoyages ethniques et les crimes contre l'humanité.

- En cas de défaillance d'un État au regard de cette responsabilité, la communauté internationale doit intervenir par des moyens pacifiques. Il s'agit ici d'un contournement de la souveraineté nationale.

III L'intervention au Kosovo (1999)

1 Une étape du démembrement de l'ex-Yougoslavie

- Depuis 1992, la Fédération yougoslave est en pleine décomposition. En 1995, l'OTAN intervient en Bosnie-Herzégovine contre la Serbie pour protéger les civils ▶ FICHE 28. Les accords de Dayton scellent le partage de la Bosnie-Herzégovine en deux.
- En 1997, le Kosovo, province serbe autonome peuplée d'une majorité d'Albanais musulmans, se soulève. Le président serbe réprime ce mouvement.

2 Une intervention militaire et diplomatique

- Après l'intervention militaire de l'OTAN contre l'armée serbe au printemps 1999, le Kosovo passe sous tutelle des Nations unies.
- Les Nations unies ambitionnent de rétablir la paix, instaurer la démocratie et reconstruire l'économie sur un territoire peu développé et dévasté par la guerre.
- Mais de nombreuses exactions sont commises à l'encontre des minorités ethniques. Lorsque le Kosovo proclame son indépendance en 2008, celle-ci n'est même pas reconnue par la Russie ni la Chine, membres permanents du Conseil de sécurité.

L'ESSENTIEL

L'ONU sous Kofi Annan (1997-2006)

- **Création de la Cour pénale internationale**
  1998 : par les statuts de Rome, l'ONU fonde une cour chargée de juger les génocides, les crimes de guerre et les crimes contre l'humanité
- **Objectifs du Millénaire pour le développement**
  2000 : déclaration commune de l'ONU fixant pour 2015 huit objectifs contre le mal-développement (éducation...)
- **Principe de responsabilité de protéger**
  2005 : intervention pacifique de l'ONU si un État ne protège pas sa population contre un génocide, des crimes de guerre...

Avez-vous bien révisé les fiches 11 à 16 ? On vérifie !

Formes de conflits et modalités de construction de la paix

1 Guerres et paix dans le monde actuel

▶ FICHES 11 ET 12

1. L'« arc de crise » s'étend du Sahel...

☐ a. au Sahara. ☐ b. au Moyen-Orient. ☐ c. à l'Asie centrale.

2. Depuis quand l'Afghanistan est-il en guerre quasi permanente ?

☐ a. 1979 ☐ b. 2001 ☐ c. 2003

3. Parmi ces acteurs des conflits, lesquels sont nouveaux ?

☐ a. l'UE ☐ b. l'ONU ☐ c. l'OTAN

2 La dimension politique de la guerre

▶ FICHES 13 ET 14

1. Selon Clausewitz, quels sont les trois principes de la guerre ?

☐ a. les principes politique, militaire et populaire

☐ b. les principes politique, économique et religieux

☐ c. les principes politique, populaire et religieux

2. Quel est le point commun entre Al-Qaida et l'État islamique ?

☐ a. leur ancrage territorial

☐ b. leur propagande anti-occidentale

☐ c. le recrutement de djihadistes

3 Le défi de la construction de la paix

▶ FICHES 15 ET 16

1. Le « système westphalien » instaure le principe de...

☐ a. l'égalité entre États.

☐ b. la souveraineté des États.

☐ c. l'équilibre entre les États.

2. L'instauration de la paix au Kosovo s'est faite par...

☐ a. la voie diplomatique.

☐ b. la voie militaire.

CORRIGÉS

1 Guerres et paix dans le monde actuel

1. **Réponse c.** L'« arc de crise » s'étend du Sahel à l'Asie centrale en passant par le Moyen-Orient, englobant des conflits de natures très diverses.

2. **Réponse a.** À la suite de l'invasion soviétique de 1979, l'Afghanistan est en guerre de façon quasi permanente.

À noter

L'intervention de l'OTAN en 2001, consécutive aux attentats du 11 septembre 2001, a aggravé l'**instabilité politique** en Afghanistan.

3. **Réponses a et c.** À partir des années 1990, les actions de l'ONU en faveur de la paix sont relayées par celles de l'UE et de l'OTAN.

2 La dimension politique de la guerre

1. **Réponse a.** Selon Clausewitz, la guerre répond à des objectifs politiques en mobilisant des moyens militaires et humains.

2. **Réponses b et c.** Al-Qaida et l'État islamique dénoncent les valeurs occidentales (libertés, laïcité) et mobilisent des djihadistes dans le monde entier. Alors qu'Al-Qaida est une organisation déterritorialisée, l'État islamique revendique sa souveraineté sur un territoire bien circonscrit.

3 Le défi de la construction de la paix

1. **Réponses a, b et c.** Les principes du « système westphalien » posent les bases des relations entre États européens. Ils restent valables jusqu'au début du XXe siècle.

2. **Réponses a et b.** Les voies militaire (intervention de l'OTAN) et diplomatique (administration onusienne) ont été suivies pour maintenir la paix au Kosovo.

Guerres et paix au Moyen-Orient (de 1945 à nos jours)

18

☐ OK

Depuis la fin de la Seconde Guerre mondiale, le Moyen-Orient est devenu le principal foyer de conflits dans le monde.

I Des guerres aux multiples enjeux

1 Des enjeux économiques

Chiffres clés

Actuellement, le Moyen-Orient possède **50 % des réserves de pétrole** et **40 % des réserves de gaz** mondiales.

- Le Moyen-Orient détient les plus grandes réserves d'hydrocarbures au monde. C'est une région vitale pour les pays industrialisés.
- La région est un lieu de passage incontournable pour le trafic maritime mondial (pétrole). Le détroit d'Ormuz en est un point stratégique.
- La compétition entre États pour l'accès à l'eau est source de vives tensions (partage des eaux de l'Euphrate entre la Turquie, la Syrie et l'Irak).

2 Des enjeux politiques

- À l'échelle mondiale : la rivalité américano-soviétique pendant la guerre froide ; l'instauration d'un « nouvel ordre mondial » par les États-Unis dans les années 1990 ; la lutte contre le terrorisme depuis 2001.
- À l'échelle régionale : la reconnaissance de l'État d'Israël par les pays arabes ▶ FICHE 19 ; l'alliance avec les États-Unis (Arabie saoudite) ou leur rejet (Iran).
- À l'échelle nationale : le droit des peuples sans État (Palestiniens en Israël, Kurdes en Turquie et en Syrie) ; la démocratisation de régimes autoritaires revendiquée lors des printemps arabes de 2011.

3 Des enjeux culturels et idéologiques

- La présence des lieux saints des trois religions monothéistes (islam, christianisme, judaïsme) fait de villes comme Jérusalem ou La Mecque des lieux à forte charge symbolique et des théâtres de tensions religieuses.
- L'influence des idéologies (sionisme, nationalisme arabe, islamisme) est source de conflits à différentes échelles.

II Des acteurs étatiques et non étatiques

- Les grandes puissances (États-Unis, URSS puis Russie) font de la région un des théâtres de leur affrontement par États interposés.
- Les puissances régionales cherchent à imposer leur hégémonie : l'Égypte jusqu'en 1970 ; la Syrie et l'Irak dans les années 1980 ; l'Arabie saoudite et l'Iran actuellement.
- L'ONU a multiplié les opérations de maintien de la paix depuis 1948.
- Les organisations terroristes transnationales (Al-Qaida, EI) mènent des guerres irrégulières qui déstabilisent les stratégies des États. Les membres de milices (Hezbollah au Liban) ou de mouvements nationalistes (Hamas à Gaza, Kurdes) agissent en relayant souvent les stratégies des États (Iran pour le Hezbollah, Occidentaux pour les Kurdes).

III Différents modes de résolution

- Deux traités de paix entre États ont été signés sous l'impulsion des États-Unis : entre l'Égypte et Israël en 1979 ; entre Israël et la Jordanie en 1994. La Déclaration de principes d'Oslo, signée en 1993 entre Israël et l'Organisation de libération de la Palestine (OLP) sous l'égide des États-Unis, est censée amorcer un processus de paix, encore inachevé faute de traité.
- Des cessez-le-feu imposés par l'ONU ont mis fin à certains conflits comme la guerre Iran-Irak (1980-1988) ou la première guerre du Golfe (1991) ▶ FICHE 20.
- Des conflits internes sont en attente de résolution : le conflit syrien (depuis 2011) ; le conflit au Yémen (depuis 2013).

L'ESSENTIEL

Les conflits au Moyen-Orient (de 1945 à nos jours)

De multiples enjeux
- **économiques** : réserves d'hydrocarbures...
- **politiques** : droit des peuples sans État (Kurdes...), terrorisme (depuis 2001)...
- **culturels et idéologiques** : lieux saints...

De multiples acteurs
- **grandes puissances** (États-Unis, Russie)
- **puissances régionales** (Arabie saoudite, Iran...)
- **non étatiques** : ONU, organisations terroristes (Al-Qaida...), milices (Hezbollah...), mouvements nationalistes (Hamas à Gaza, Kurdes...)

Les tentatives de paix au Proche-Orient

19

☐ OK

De 1948 à 1987, le Proche-Orient est secoué par des guerres à répétition opposant l'État d'Israël à ses voisins arabes. Si ces conflits ont été en partie résolus, celui entre l'État hébreu et les Palestiniens demeure entier.

I Les enjeux des conflits

1 Les conflits israélo-arabes

L'enjeu principal est la reconnaissance d'un État hébreu en Palestine par les États arabes. Le sionisme s'oppose ainsi au nationalisme arabe, qui entend unir tous les Arabes contre l'« ennemi sioniste ».

2 Le conflit israélo-palestinien

L'enjeu majeur est le droit des Palestiniens à fonder un État en Palestine. La question de l'accès aux sanctuaires de Jérusalem-Est en particulier nourrit les tensions intercommunautaires entre juifs, musulmans et chrétiens. Se pose aussi le problème de l'accès à l'eau : Israël impose aux Palestiniens une tutelle hydraulique les privant d'une partie de leurs ressources.

II Les tentatives de résolution (1948-1995)

1 La résolution des conflits israélo-arabes (1948-1979)

- À partir de 1948, date de la proclamation de l'État d'Israël, quatre conflits opposent ce dernier aux États arabes voisins (Égypte, Syrie et Jordanie). Lors de la guerre des Six Jours (1967), Israël occupe des territoires conquis sur ses adversaires (Sinaï, Gaza, Cisjordanie, Golan).
- L'ONU se montre impuissante à garantir la paix : la résolution 242 (1967), qui prévoyait le retrait des forces israéliennes des territoires occupés, n'est pas appliquée.
- Les États-Unis sont les acteurs majeurs de la paix au Proche-Orient : à la suite des pourparlers de Camp David en 1978, le traité de Washington (1979) scelle la paix entre Israël et l'Égypte. En échange de la reconnaissance d'Israël par l'Égypte, l'État hébreu s'engage à évacuer le Sinaï.

À noter

Le **traité de Washington** est signé par le Premier ministre israélien Menahem Begin et le président égyptien Anouar el-Sadate.

2 De la guerre à la paix israélo-palestinienne (1964-1995)

- À partir de 1964, un conflit asymétrique oppose les combattants de l'Organisation de libération de la Palestine (OLP) à l'armée israélienne. Organisés en commandos sous l'autorité de Yasser Arafat, agissant à partir de la Jordanie puis du Liban, ceux-ci privilégient la guérilla et le terrorisme.
- À partir de 1987, lors de la première intifada, les civils palestiniens des territoires occupés se soulèvent contre l'armée israélienne.
- Dès 1988, Yasser Arafat opte pour la voie diplomatique. Ses efforts, soutenus par les États-Unis, aboutissent à la signature des accords d'Oslo en 1993 et en 1995 : outre la reconnaissance mutuelle d'Israël et de l'OLP, ils prévoient l'autonomie des territoires occupés, confiés à une Autorité palestinienne.
- En 1994, les États-Unis poussent la Jordanie à signer un traité de paix avec Israël.

III Un processus de paix en panne (depuis 1995)

- Dès 1993, les accords d'Oslo sont rejetés par le Hamas palestinien, rival de l'OLP, et la droite israélienne. En 1995, l'assassinat du Premier ministre israélien Yitzhak Rabin, signataire des accords, fragilise le processus de paix.

Mot clé

Le Hamas, fondé en 1987, est un **mouvement islamiste palestinien** très influent à Gaza.

- La relance de la colonisation israélienne en Cisjordanie réduit encore les territoires confiés à l'Autorité palestinienne.
- Depuis 2000, la seconde intifada et la répression militaire israélienne enclenchent l'engrenage de la violence. À partir de 2007, le blocus israélien imposé à Gaza dans une relative indifférence internationale laisse les Palestiniens seuls face à l'armée israélienne.

L'ESSENTIEL

Les tentatives de paix au Proche-Orient

1967	1979	1993-1995
Résolution 242 de l'ONU pour qu'Israël se retire des territoires occupés → non appliquée	Traité de Washington → Israël se retire du Sinaï, paix entre Israël et Égypte	Accords d'Oslo pour une solution à deux États → non respectés

Les deux guerres du Golfe et leurs prolongements

20

☐ OK

À deux reprises, les États-Unis et leurs alliés entrent en guerre contre l'Irak dirigé par Saddam Hussein. Si la première guerre du Golfe est avalisée par l'ONU, la seconde est engagée unilatéralement par les États-Unis.

I La première guerre du Golfe (1991) : une guerre interétatique ?

1 Des enjeux de puissances

- Pour financer la guerre contre l'Iran (1980-1988), l'Irak s'est fortement endetté auprès du Koweït qui refuse d'effacer sa dette. Son annexion permettrait de régler ce contentieux, tout en contrôlant 20 % des réserves mondiales de pétrole.
- Les États-Unis veulent profiter du déclin de l'Union soviétique pour affirmer leur leadership mondial tout en sécurisant leur approvisionnement en pétrole.

2 Une guerre éclair

- En août 1990, l'Irak envahit le Koweït. Aussitôt, l'ONU exige le retrait des forces irakiennes. Fin août, le Koweït est annexé.
- En novembre, l'ONU autorise l'emploi de la force en fixant un ultimatum pour janvier 1991. Saddam Hussein le rejette.
- En janvier-février 1991, une coalition internationale de 34 États, commandée par les États-Unis, lance l'opération *Tempête du désert* pour libérer le Koweït. En face, l'armée irakienne, dépourvue d'alliés et mal équipée, est rapidement battue.

3 Une résolution imparfaite

- En mars 1991, Saddam Hussein doit signer le cessez-le-feu imposé par le Conseil de sécurité de l'ONU. Celui-ci prévoit la destruction des missiles et des arsenaux chimiques et biologiques irakiens.
- Les États-Unis, vainqueurs de ce conflit, assument le rôle de garants d'un « nouvel ordre mondial ».

Date clé

Lors de son **discours au Congrès du 6 mars 1991**, le président des États-Unis George H. W. Bush évoque un nouvel ordre mondial fondé sur la liberté et la démocratie.

- Cependant, dès 1991, Saddam Hussein réprime férocement le soulèvement des chiites du sud du pays et des Kurdes du Nord, ce qui conduit à l'instauration d'une zone d'exclusion aérienne au nord et au sud de l'Irak.

II La seconde guerre du Golfe (2003) : un conflit asymétrique

1 Une guerre au service des intérêts américains

- Depuis 1991, l'Irak freine le travail des experts internationaux qui inspectent ses sites militaires et nucléaires.
- Selon George W. Bush, l'Irak fait partie des « États voyous » qui soutiennent le terrorisme en fabriquant des armes de destruction massive. Malgré l'opposition du Conseil de sécurité de l'ONU, les États-Unis et certains de leurs alliés de l'OTAN envahissent l'Irak en mars 2003.
- Dès le mois de mai, l'armée irakienne est battue et Saddam Hussein chassé du pouvoir. Pour le président Bush, la guerre est finie.

2 Vers la guerre civile

- L'éviction de Saddam Hussein et la démobilisation de l'armée irakienne plongent le pays dans une guerre civile où s'affrontent chiites, sunnites et Kurdes. Elles favorisent l'ingérence des puissances régionales, comme l'Iran qui soutient les chiites irakiens, et l'action des organisations terroristes comme Al-Qaida.
- Les soldats américains évacuent l'Irak en 2011, en plein chaos. En 2014, l'État islamique s'y implante et proclame le califat universel. En 2019, son effondrement favorise encore davantage l'ingérence de l'Iran.

L'ESSENTIEL

La première guerre du Golfe (1991) →
- **Motif** : l'Irak envahit le Koweït (août 1990)
- **Conditions** : guerre menée avec l'aval de l'ONU
- **Issue** : libération du Koweït, destruction des missiles et des arsenaux chimiques irakiens

→ « nouvel ordre mondial »

La seconde guerre du Golfe (2003) →
- **Motif** : les États-Unis croient que l'Irak fabrique des armes de destruction massive
- **Conditions** : guerre menée sans l'aval de l'ONU
- **Issue** : défaite de Saddam Hussein (mai 2003)

→ 8 ans de guerre, guerres civiles, État islamique

Quiz EXPRESS

21

Avez-vous bien révisé les fiches 18 à 20 ? On vérifie !

Guerre et paix au Moyen-Orient

1 La situation du Moyen-Orient

▶ FICHE 18

1. Quel pourcentage des réserves mondiales de pétrole le Moyen-Orient possède-t-il ?

☐ a. 40 % ☐ b. 50 % ☐ c. 60 %

2. Parmi ces idéologies, lesquelles concernent le Moyen-Orient ?

☐ a. l'islamisme ☐ b. le pangermanisme ☐ c. le sionisme

3. Qu'est-ce qui a mis fin à la première guerre du Golfe ?

☐ a. un traité de paix ☐ b. un armistice

☐ c. un cessez-le-feu

2 Le conflit israélo-palestinien

▶ FICHE 19

1. En quelle année la guerre des Six Jours se déroule-t-elle ?

☐ a. 1967 ☐ b. 1973 ☐ c. 1982

2. Dans les années 1970-1980, l'OLP privilégie...

☐ a. l'action diplomatique.

☐ b. la lutte armée.

☐ c. le terrorisme.

3 Les deux guerres du Golfe (1991 et 2003)

▶ FICHE 20

1. La première guerre du Golfe a pour origine...

☐ a. un conflit durable entre l'Iran et l'Irak.

☐ b. un contentieux entre l'Arabie saoudite et l'Irak.

☐ c. l'invasion du Koweït par l'Irak.

2. La seconde guerre du Golfe est une guerre...

☐ a. interétatique ☐ b. asymétrique ☐ c. irrégulière

3. Le retrait des troupes américaines d'Irak en 2011...

☐ a. stabilise le pays. ☐ b. déstabilise le pays.

☐ c. n'a aucun effet.

CORRIGÉS

1 La situation au Moyen-Orient

1. Réponse b. Le Moyen-Orient détient la moitié des réserves mondiales de pétrole : c'est une région stratégique pour l'approvisionnement des pays industrialisés.

2. Réponses a et c. L'islamisme préconise une société organisée selon les préceptes du Coran. Le sionisme a le projet de créer un État juif en Palestine.

3. Réponse c. Le 3 mars 1991, l'Irak accepte le cessez-le-feu proposé par les Nations unies.

Info

L'**islamisme** moderne a été théorisé par la société des Frères musulmans, organisation internationale sunnite créée en Égypte en 1928.

2 Le conflit israélo-palestinien

1. Réponse a. La guerre des Six Jours se déroule en 1967. C'est une guerre éclair remportée par Israël sur une coalition d'États arabes.

2. Réponses b et c. Dans les années 1970-1980, l'OLP privilégie la lutte armée et le terrorisme. Devant l'échec de cette stratégie, elle emprunte ensuite la voie diplomatique.

3 Les deux guerres du Golfe (1991 et 2003)

1. Réponse c. L'Irak réclame au Koweït l'effacement de sa dette contractée pour financer la guerre Iran-Irak. Le Koweït refuse.

2. Réponses a, b et c. La seconde guerre du Golfe est à la fois un conflit interétatique opposant d'abord les États-Unis à l'Irak, une guerre asymétrique opposant une coalition de l'OTAN au seul État irakien, et elle devient rapidement une guerre irrégulière avec les actions de l'organisation terroriste Al-Qaida.

3. Réponse b. Le retrait des troupes américaines d'Irak à partir de 2011 amplifie la guerre civile débutée en 2003 car elle laisse l'État irakien seul pour assurer sa sécurité.

Faire la guerre, faire la paix

1

Quel événement a déstabilisé la région saharienne depuis 2011 ?

▶ FICHE 11

2

En quelle année Kofi Annan est-il élu secrétaire général de l'ONU ?

▶ FICHE 16

3

En quoi consiste la « responsabilité de protéger » ?

▶ FICHE 16

4

Quels sont les acteurs non étatiques des guerres au Moyen-Orient ?

▶ FICHE 18

5

Que prévoyait la résolution 242 adoptée par l'ONU en 1967 ?

▶ FICHE 19

6

Quels sont les obstacles au processus de paix israélo-palestinien ?

▶ FICHE 19

7

Quels sont les enjeux de la première guerre du Golfe pour les États-Unis ?

▶ FICHE 20

8

Quels sont les deux peuples sans État au Moyen-Orient ?

▶ FICHE 18

RÉPONSES

Pour mieux ancrer les connaissancese, découpez les cartes et jouez avec !

1

La **chute du régime du colonel Kadhafi** en 2011 puis la **guerre civile** qui s'ensuit entraînent des flux d'armes et de combattants dans le Sahara, faisant de lui un grand foyer d'instabilité.

2

En **1997, Kofi Annan** succède à Boutros Boutros-Ghali. Réélu en 2001, il exerce ses fonctions jusqu'en 2006.

3

La **responsabilité de protéger**, définie lors du Sommet mondial de l'ONU en 2005, prévoit l'**intervention** de la communauté internationale **en cas de défaillance** d'un État.

4

Les acteurs non étatiques des guerres au Moyen-Orient sont :

- les **organisations terroristes transnationales** (Al-Qaida, État islamique) ;
- les **combattants irréguliers** (ex : miliciens du Hezbollah).

5

La **résolution 242** adoptée par l'ONU en 1967 prévoit le **retrait des forces militaires israéliennes** des territoires conquis lors de la guerre des Six Jours (Sinaï, Gaza, Cisjordanie, Golan).

6

Les obstacles sont l'**opposition du Hamas**, parti islamiste rival de l'OLP, la **reprise de la colonisation israélienne** en Cisjordanie dès 1994 et la **seconde intifada** à partir de 2000.

7

Pour les États-Unis, les deux **enjeux de la guerre du Golfe** sont :

- d'affirmer leur **leadership mondial** ;
- de sécuriser leur approvisionnement en **pétrole**.

8

Les deux **peuples sans État** au Moyen-Orient sont :

- les **Palestiniens** ;
- les **Kurdes**.

Histoire et mémoire

23

☐ OK

Si la mémoire et l'histoire mettent le passé en récit, elles peuvent entrer en conflit.

I Deux notions distinctes

- L'histoire est une reconstruction scientifique du passé qui se veut objective. Le travail de l'historien est de construire un récit le plus proche possible de la vérité. L'historien périodise et contextualise des événements : il base son travail sur des sources variées qui évoluent (archives) et sur les travaux de ses collègues.
- Donnant la parole aux témoins, la mémoire est une reconstruction affective du passé, elle est subjective. Elle est une manière dont les sociétés interprètent le passé en fonction de leurs besoins présents : il n'y a pas une mémoire mais des mémoires.

II Deux notions complémentaires

- Les historiens analysent l'évolution des mémoires que les sociétés ont d'un événement, souvent traumatique, depuis son origine.
- L'historien distingue plusieurs types de mémoire : la mémoire officielle, celle des États, se traduit par une politique mémorielle (commémorations, mémoriaux) ; la mémoire des acteurs, qui peuvent avoir des souvenirs qui s'opposent, induisant une grande diversité de mémoires ; la mémoire sociale, qui est celle de l'opinion publique, évoluant en fonction des préoccupations du temps présent.

À savoir

La mémoire est devenue un **objet de recherche** pour les historiens depuis *Les lieux de mémoire*, ouvrage collectif dirigé par Pierre Nora entre 1984 et 1922.

- Concernant la Seconde Guerre mondiale, des historiens (Henry Rousso) identifient trois étapes de la mémoire (régimes mémoriels). D'abord, la mémoire est souvent refoulée par celles et ceux qui ont vécu des événements douloureux : c'est le temps de l'amnésie et de la mise en place d'une mémoire officielle, d'un « mythe » construit dans un but politique. Puis, cette mémoire est ravivée par des témoignages, des œuvres d'art, des travaux d'historiens : c'est l'anamnèse, la prise de conscience. Enfin, la troisième étape est celle de l'obsession mémorielle, l'hypermnésie, avec la multiplication des commémorations.

III Deux notions en débat

1 Les lois mémorielles...

- Face aux mythes, l'historien doit poursuivre son travail scientifique et non répondre à un « devoir de mémoire ». L'histoire ne juge pas : elle décrit et explique.
- En 1990, la loi Gayssot fait du négationnisme un délit. Dès lors, les lois mémorielles se multiplient : sur la reconnaissance du génocide arménien (2001), sur la traite négrière et l'esclavage qui les qualifie de crimes contre l'humanité (2001), sur les souffrances des Français rapatriés d'Afrique du Nord (2005).

Mot clé

Le **devoir de mémoire** est l'obligation morale et civique de se souvenir d'un événement traumatisant afin de rendre hommage aux victimes.

2 ... suscitent la réaction des historiens

- Face à cette inflation mémorielle, des historiens dénoncent des revendications communautaristes, accusent l'État de favoriser une approche émotionnelle du passé, de le criminaliser et de gêner la recherche. En 2005, Pierre Nora crée l'association Liberté pour l'histoire.
- Un autre collectif d'historiens, réunis dans le Comité de vigilance face aux usages publics de l'histoire (CVUH), intervient quand une polémique mémorielle éclate : sans s'opposer aux lois mémorielles, ils donnent leur avis de scientifiques, résument l'état des recherches.
- Pour apaiser les tensions, une commission parlementaire préconise en 2008 de ne plus adopter de loi mémorielle.

L'ESSENTIEL

Histoire et mémoire

Deux notions distinctes
- **histoire** : reconstruction scientifique objective
- **mémoire** : reconstruction affective subjective

Deux notions complémentaires
- mémoire = **objet de recherche** pour l'historien
- mémoires : officielle ≠ des acteurs ≠ sociale

Deux notions en débat
- **lois mémorielles** (depuis la loi Gayssot en 1990)
- histoire ≠ « **devoir de mémoire** »
- histoire ≠ **approche émotionnelle** du passé

Les notions de crime contre l'humanité et de génocide

24

☐ OK

Les notions de crime contre l'humanité et de génocide sont nées dans le contexte de l'après-guerre. Ces deux notions juridiques ont profondément marqué l'histoire du droit international.

I Histoire de deux notions juridiques

1 Le crime contre l'humanité : une notion ancienne

- Pendant la Seconde Guerre mondiale, on s'interroge déjà sur la façon de nommer les massacres de masse commis par l'Allemagne nazie. Dès 1943, Winston Churchill évoque « un crime sans nom ».
- Le 8 août 1945, l'accord de Londres établit un tribunal militaire international à Nuremberg afin de juger des criminels nazis accusés de complot pour dominer l'Europe, de crime contre la paix (déclenchement, organisation et poursuite du conflit), de crime de guerre (mauvais traitement des prisonniers, violences contre les civils) et de crime contre l'humanité.

> **Mot clé**
>
> Un **crime contre l'humanité** concerne « l'assassinat, l'extermination, la réduction en esclavage, la déportation et tout autre acte inhumain commis contre les populations civiles avant ou pendant la guerre » (ONU).

- L'expression, utilisée par la France et le Royaume-Uni en 1915 pour qualifier les violences commises contre les Arméniens, n'était pas une notion juridique. Alors que, dans sa définition, le crime contre l'humanité recouvre le crime de guerre, le tribunal lui donne une dimension juridique nouvelle : il est le premier crime rétroactif, car il constitue une violation grave des Droits de l'homme.

2 La création de la notion de génocide

Le juriste Raphael Lemkin élabore en 1943 le concept de génocide. Mais le tribunal militaire de Nuremberg ne le retient pas. Les actes commis contre les Juifs et les Tsiganes ne sont pas dissociés des autres crimes commis par les nazis. C'est le 9 décembre 1948 que les Nations unies rendent officiel le concept de génocide.

> **Mot clé**
>
> Un **génocide** est « commis dans l'intention de détruire, ou tout ou en partie, un groupe national, ethnique, racial ou religieux ». Il est dirigé intentionnellement contre un groupe.

II Deux notions complémentaires en évolution

1 Le génocide : une catégorie de crime contre l'humanité

- Les crimes contre l'humanité ne visent pas la destruction d'une population définie. Un génocide est donc une **forme de crime contre l'humanité** mais tous les crimes contre l'humanité ne sont pas des génocides.
- Différentes autorités s'arrogent le rôle de reconnaître des génocides : des **autorités politiques** (parlement national ou assemblée internationale) et des **autorités judiciaires** (tribunal national ou international).
- Les **historiens** peuvent identifier des génocides. Certains d'entre eux s'opposent au fait que des parlementaires reconnaissent officiellement un génocide et s'arrogent le droit d'écrire l'histoire ▶ FICHE 23.

2 Des notions en évolution

- En 1948, l'ONU fait entrer le chef d'accusation pour crime contre l'humanité dans le **droit international**. Elle le rend **imprescriptible** en 1968.
- Trois génocides ont été reconnus par les autorités judiciaires internationales : celui des **Juifs et des Tsiganes** pendant la Seconde Guerre mondiale, celui des **Tutsi** en 1994 ▶ FICHE 27 et le génocide commis sur le territoire de l'**ex-Yougoslavie** à partir de 1991 ▶ FICHE 28. D'autres génocides ont pourtant été commis.
- La **Cour pénale internationale (CPI)** est aujourd'hui la seule juridiction pénale permanente et universelle. Créée entre 1998 et 2002, elle précise et élargit la notion de crime contre l'humanité à la torture, au viol, à l'apartheid et à la disparition forcée de personnes. La définition du crime contre l'humanité est appelée à évoluer.

L'ESSENTIEL

Crime contre l'humanité	Génocide
• **8 août 1945** : incrimination créée au Tribunal militaire de Nuremberg • **1948** : chef d'accusation reconnu dans le droit international • **1968** : rendu imprescriptible	• **1943** : concept créé par R. Lemkin • **9 déc. 1948** : chef d'accusation reconnu dans le droit international • concurrence des autorités judiciaires, parlementaires et scientifiques

Un débat historique : les causes de la Première Guerre mondiale

25

☐ OK

La question des causes de la Première Guerre mondiale a longtemps divisé les historiens. En France, cette question n'est plus d'actualité mais, dans le passé, elle a eu d'importantes implications politiques.

I Après la guerre : une histoire diplomatique et politique

1 L'Allemagne accusée et condamnée

- Par l'article 231 du traité de Versailles, l'Allemagne est jugée responsable de la Première Guerre mondiale, et contrainte à ce titre de verser de lourdes réparations. Cette question des responsabilités obsède l'historiographie de l'immédiat après-guerre.

> **Mot clé**
> L'**historiographie** est l'étude des recherches historiques sur un sujet donné.

- Dans les années 1920, les écrits historiques sont encore peu nombreux. Chaque État cherche à se disculper en publiant des documents officiels. En France, l'État et l'opinion publique, soutenus par l'historiographie, sont convaincus que l'Allemagne est « responsable de tout ».
- L'Allemagne dénonce la légitimité du traité de Versailles, vécu comme un « diktat » : elle se pense dans un état de défense légitime face à l'encerclement « menaçant » de ses ennemis, effrayés par sa puissance et opposés à son expansion en Europe et en Afrique. La France est vue comme agressive et revancharde.

2 Un travail historique qui cherche à nuancer les responsabilités

- Dès 1925, l'historien français Pierre Renouvin nuance la responsabilité des empires centraux et accuse la Russie de n'avoir pas freiné la Serbie après l'attentat de Sarajevo.
- En 1933, Jules Isaac montre que la guerre n'était pas inéluctable et incrimine davantage l'attitude de la France : celle-ci s'était préparée à la guerre en augmentant la durée du service militaire français à trois ans en 1913 et aurait poussé la Russie à mobiliser ses troupes. Cet historien cherche alors à éduquer la jeune génération dans la haine de la guerre alors que le parti nazi arrive au pouvoir en Allemagne.

II Après 1945, une histoire plus sociale

1 L'influence de l'historiographie

- Dans les années 1950, la Seconde Guerre mondiale domine les débats historiques. En Allemagne, l'idée que le pays a été « catapulté dans la Grande Guerre » à la suite d'un « **engrenage** » est soutenue : cette vision déterministe de l'histoire permet d'affirmer que le pays n'est pas expansionniste par nature.
- En 1961, l'historien allemand **Fritz Fischer** publie *Les Buts de guerre de l'Allemagne impériale (1914-1918).* Il y présente son pays comme entièrement responsable, poussé par un fort **sentiment nationaliste**. Il cherche à montrer une continuité dans la politique allemande, de Bismarck à Hitler, une politique expansionniste par nature.
- En Allemagne de l'Est (RDA), l'écriture de l'histoire se fonde sur une **vision marxiste** et ancienne de la guerre : les rivalités coloniales et commerciales ont poussé l'Europe au conflit.

2 Des débats historiques qui persistent

- Le déclenchement du conflit n'est plus un sujet discuté par les historiens français, plus intéressés par une histoire culturelle de la guerre. Mais, en 2013, à l'occasion de la sortie des *Somnambules*, de l'historien australien **Christopher Clark**, l'opinion publique allemande redécouvre ce sujet dont la mémoire a longtemps été occultée par celle du nazisme.
- Christopher Clark insiste davantage sur le rôle joué par la Serbie dans le déclenchement du conflit. L'historien allemand **Gerd Krumeich** craint que le succès de Clark illustre la volonté des Allemands de se déculpabiliser de ce passé.

L'ESSENTIEL

Établir les causes de la Première Guerre mondiale

Une source de divisions
- l'Allemagne jugée responsable par le **traité de Versailles** (1919)
- la mémoire de la guerre instrumentalisée par les nazis (« **Diktat** »)

Le rôle de l'historien
- faire une **analyse objective** des événements
- rechercher les **causes multiples** du conflit
- **apaiser** les conflits de mémoire (P. Renouvin)

Mémoires et histoire de la guerre d'Algérie

26

☐ OK

Le traumatisme de la guerre d'Algérie (1954-1962) a donné lieu à l'émergence de multiples mémoires.

I Des constructions mémorielles différentes

1 Des mémoires inversées (1962-1970)

- Après les accords d'Évian (19 mars 1962), la volonté d'oublier la guerre domine en France. Le pouvoir gaulliste organise un « oubli officiel » par des lois d'amnistie. On se contente d'évoquer les « événements ».
- En Algérie, le Front de libération nationale (FLN) impose une mémoire officielle de cette guerre de décolonisation. Il glorifie « un million de martyrs ».

Mot clé

Une **loi d'amnistie** arrête les poursuites et annule les condamnations relatives à un crime ou un délit commis pendant une période donnée.

2 La fin de l'amnésie (1970-1990)

- En France, la jeunesse, portée par mai 1968, remet en question le passé colonial du pays. Des historiens, tel Pierre Vidal-Naquet, évoquent la torture (1972) et des films dénoncent la guerre d'Algérie.
- Dans les années 1980, des descendants de harkis revendiquent la reconnaissance des souffrances de leurs parents. Des anciens combattants militent pour faire entrer le conflit dans les programmes scolaires.
- En Algérie, de 1992 à 2002, la guerre civile entre islamistes et FLN ravive cette mémoire. Le mythe d'un peuple uni vole en éclats.

3 Le choc des mémoires (depuis les années 1990)

- En France, une partie des archives est ouverte en 1992. En 1997, le procès de Maurice Papon, préfet impliqué dans la répression de manifestations organisées par le FLN et le PCF à Paris en 1961 et 1962, réveille le besoin de vérité historique. L'expression « guerre d'Algérie » est officialisée par une loi de 1999 et les souffrances des rapatriés, les pieds-noirs, sont reconnues par une loi de 2005.

Mots clés

Les **harkis** sont des Algériens ayant combattu comme supplétifs au sein de l'armée française, tandis que les **pieds-noirs** sont les Français qui vivaient en Algérie.

- En 2016, François Hollande reconnaît la **responsabilité de l'État français dans les souffrances des harkis** et, en 2019, un dispositif de réparation est créé.

II Un cloisonnement des mémoires à dépasser

1 Les groupes mémoriels en France et en Algérie

- En France, plusieurs groupes réclament la reconnaissance de leurs souffrances : les **pieds-noirs** entretiennent la mémoire d'un paradis perdu, ou « nostalgérie » ; les **harkis**, rejetés en Algérie puis regroupés en France dans des camps de transit entre 1962 et 1968, souhaitent aujourd'hui le vote d'une loi mémorielle ; les **appelés du contingent**, qui ont effectué leur service militaire pendant la guerre d'Algérie, se sont regroupés dans des associations comme la FNACA.
- En Algérie, les anciens combattants du FLN et les nationalistes véhiculent la mémoire d'une guerre de libération, source d'**unité nationale**.

2 Le travail des historiens aujourd'hui

- En France, il faut attendre 1988 pour que soit organisé un **premier colloque** sur la guerre d'Algérie. En Algérie, les historiens sont contrôlés par le pouvoir. Certains (**Mohammed Harbi**) se réfugient en France pour effectuer leurs recherches.
- Les thèses se multiplient grâce à l'ouverture des archives en 1992 : **Raphaëlle Branche et Sylvie Thénault** étudient la torture et une trentaine de chercheurs français et algériens travaillent ensemble sous la direction de **Benjamin Stora et Mohammed Harbi** afin de rédiger *La Guerre d'Algérie, la fin de l'amnésie* (2004).
- En 2021, à la demande du président Macron, Benjamin Stora rend un rapport sur les mémoires de la guerre d'Algérie et présente des propositions concrètes pour les réconcilier.

L'ESSENTIEL

Mémoire et histoire de la guerre d'Algérie

L'oubli	Le réveil	L'apaisement
1962 Loi d'amnistie pour le FLN et l'OAS	**1972** P. Vidal-Naquet, *La Torture dans la République*	**1999** Loi sur la « guerre d'Algérie »

La justice à l'échelle locale : les tribunaux *gacaca* au Rwanda

27

☐ OK

En 1994, au Rwanda, entre 800 000 et un million de Tutsi sont massacrés par une majorité de la population civile hutu. Ce génocide « de proximité » pose la question de la reconstruction civile et morale du pays.

I Des tribunaux pour punir

1 Plusieurs échelles de juridiction

- En juillet 1994, le Front patriotique rwandais (FPR) prend le pouvoir après avoir mis fin au génocide des Tutsi, qui s'est déroulé entre le 17 avril et le 17 juillet. L'ONU met alors en place le Tribunal pénal international pour le Rwanda (TPIR) pour juger les planificateurs du génocide.
- Compte tenu du nombre d'accusés, le TPIR mais aussi la cour pénale rwandaise sont vite dépassés. Le gouvernement rwandais propose alors, en 2001, de confier en parallèle à des tribunaux populaires, les *gacaca*, les procédures des personnes accusées de meurtres, de viols et de pillages.

Mot clé

Les **tribunaux *gacaca*** (prononcer « gatchatcha ») sont des tribunaux traditionnels au Rwanda. Le mot « *gacaca* » signifie « sur l'herbe » (les procès ont lieu à l'extérieur).

2 L'organisation des procès

- Les massacres ont été exécutés par des groupes d'attaquants hutu, les Ibitero, et des juges doivent définir le rôle précis des accusés au sein de chaque groupe : organisateurs, tueurs, acteurs de violences graves ou pilleurs.

Info

Les **Tutsi** et les **Hutu** (sans « s » car le pluriel n'existe pas dans la langue parlée au Rwanda) sont les principales ethnies du pays.

- Les juges, élus, sont des anciens du village. Non juristes, souvent victimes ou témoins du génocide, ils jugent leurs voisins.
- Au total, près de 12 000 tribunaux populaires ont jugé près de 2 millions de personnes de 2005 à 2012 (contre 93 pour le TPIR). Un million de personnes ont été déclarées coupables, surtout de destructions matérielles et de pillages (67,5 %), de meurtres et de torture (29 %) et de violences sexuelles (3,5 %).

II Des tribunaux pour l'histoire et la réconciliation

- Ces procès sont l'occasion de construire un récit historique, de mettre à jour des charniers et de commencer un processus de deuil. Ils mettent également à jour des formes de résistance au génocide : sauvetages de Tutsi par leurs voisins hutu, tentatives d'élus locaux pour limiter la violence.
- Les tribunaux *gacaca* ont pour but d'inclure toute la population afin de favoriser la réconciliation nationale. En privilégiant ces juridictions, le gouvernement rwandais cherche à idéaliser le passé précolonial du pays, à véhiculer la mémoire d'un peuple uni. Pourtant, même si elles ont été exacerbées par les colonisateurs belges, les tensions entre les communautés étaient sans doute en partie préexistantes à la colonisation.
- Les accusés ont la possibilité de voir leur peine commuée en travaux d'intérêt général s'ils plaident coupable. Leur peine est souvent plus courte s'ils avouent.

III Une justice imparfaite

- Les tribunaux *gacaca*, qui ont cessé leur activité en 2012, ont été l'objet de nombreuses critiques : juges sans formation, manque d'impartialité des cours, corruption. Plusieurs organisations non gouvernementales (ONG) ont dénoncé l'absence de défense des accusés, la possibilité de fausses accusations, le fait de ne pas juger les crimes de guerre commis par le FPR lors de la libération du Rwanda.
- Des Rwandais ont hésité à témoigner du fait d'intimidations, et les biens des Tutsi n'ont pas été restitués. Cela reste un obstacle à la cohésion nationale.

L'ESSENTIEL

Les tribunaux *gacaca* au Rwanda

- **Justice locale** : tribunaux populaires dirigés par d'anciens chefs de village
- **Rapidité judiciaire** : entre 2005 et 2012, 2 millions de personnes jugées pour le génocide des Tutsi de 1994
- **Critiques** : juges sans formation, absence de défense des accusés, manque d'impartialité, corruption...

Une justice pénale internationale pour l'ex-Yougoslavie

28

☐ OK

Le Tribunal pénal international pour l'ex-Yougoslavie (TPIY) est le premier tribunal pénal international convoqué depuis 1945 pour pacifier des pays déchirés.

I Un tribunal pour établir les faits

1 Un tribunal créé en plein conflit

- La Yougoslavie, fondée en 1918 lors du règlement de la Première Guerre mondiale, devient en 1945 un État fédéral constitué de six républiques. La Fédération éclate entre 1989 et 1992 lorsque quatre de ses républiques proclament leur indépendance : la Croatie, la Slovénie, la Macédoine et la Bosnie-Herzégovine.
- Slobodan Milosevic, président de la Serbie, État central de la Fédération, entend protéger les Serbes vivant dans ces régions. C'est le début de plusieurs guerres (1991-1999), pendant lesquelles les Serbes mènent des campagnes de « nettoyage ethnique » contre les Croates et les Bosniaques afin de créer une « Grande Serbie », utilisant massacres, viols et pillages.

> **Mot clé**
> Le **nettoyage ethnique** désigne une politique visant à faire disparaître un groupe d'un territoire, par la force ou l'intimidation, en fonction de son identité ethnique.

- En mai 1993, alors que la guerre fait rage en Bosnie-Herzégovine, le Conseil de sécurité de l'ONU crée le TPIY. Il masque ainsi son incapacité à mettre fin aux conflits et répond aux pressions des ONG et de l'opinion publique internationale.

2 Un tribunal pour l'histoire

- Le TPIY siège entre 1993 et 2017 à La Haye (Pays-Bas). Il doit juger l'ensemble des violations du droit humanitaire commises en Croatie et en Bosnie-Herzégovine. Il s'agit d'établir des responsabilités individuelles et non collectives. Les compétences du tribunal sont ensuite élargies aux crimes commis au Kosovo en 1998-1999.
- Plus de 4 500 témoins sont entendus et le tribunal produit plus de deux millions de pages de comptes rendus : des documents qui décrivent avec précision des événements comme le massacre de Srebrenica.

II Un tribunal au bilan mitigé

1 De réelles avancées pour le droit international

- Milosevic est le premier chef d'État en exercice à être inculpé en 1999. Comparaissent également Radovan Karadzic (dirigeant politique des Serbes de Bosnie) et Ratko Mladic (dirigeant militaire).
- La plupart des affaires concernent des Serbes, mais le TPIY poursuit aussi des Croates, des musulmans de Bosnie et des Albanais du Kosovo. Tous les fugitifs sont progressivement arrêtés et traduits en justice.

2 Un bilan contrasté

- Quatre-vingt-dix personnes, sur 161 jugées, sont condamnées pour un conflit ayant fait plus de 100 000 morts. Slobodan Milosevic meurt en prison en 2006 avant la fin de son procès. D'autres, comme Slobodan Praljak, le chef de la milice croate en Bosnie, parviennent à se suicider dans leur cellule ou en plein tribunal.
- Les procédures sont longues : la justice est parfois rendue plus de 20 ans après les faits. Entre 2012 et 2013, le tribunal acquitte en appel des accusés auparavant condamnés à des peines lourdes. À chaque jugement, les dirigeants politiques de l'un ou l'autre camp radicalisent leur discours et attisent les divisions.
- Toutefois, le TPIY a condamné de nombreux criminels. Il a inspiré la création d'autres tribunaux internationaux, notamment au Rwanda ▶ FICHE 27 ainsi que la Cour pénale internationale en 2002. Il a ouvert la voie à l'espoir de pouvoir un jour traduire en justice des criminels de guerre, d'où qu'ils viennent. Malheureusement, il n'a pas permis de réconciliation entre les anciens ennemis.

L'ESSENTIEL

Le Tribunal pénal international pour l'ex-Yougoslavie

- **Justice internationale** : fondé en 1993 par l'ONU alors que la guerre continue
- **Lenteur judiciaire** : siège jusqu'en 2017 à La Haye, entend plus de 4 500 témoins
- **Bilan mitigé** : établit les responsabilités individuelles dans la violations des droits humanitaires mais échoue à réconcilier les peuples

Quiz EXPRESS 29

Avez-vous bien révisé les fiches 23 à 28 ? On vérifie !

Histoire et mémoire, histoire et justice

1 Crime contre l'humanité et génocide

▶ FICHE 23 ET 24

1. Une loi mémorielle...

☐ a. donne une version officielle d'un événement passé.

☐ b. condamne le non respect du « devoir de mémoire ».

2. Parmi ces affirmations, laquelle est vraie ?

☐ a. Génocide et crime contre l'humanité sont synonymes.

☐ b. Tous les génocides sont des actes reconnus par l'ONU.

☐ c. Raphael Lemkin a défini le concept de génocide.

3. Quelles sont les caractéristiques juridiques d'un crime contre l'humanité ?

☐ a. Il est imprescriptible.

☐ b. Il est rétroactif.

2 Histoire et mémoires des conflits

▶ FICHES 25 À 28

1. Pour les historiens marxistes, qui sont les responsables de la Première Guerre mondiale ?

☐ a. la Serbie et la Russie

☐ b. les empires centraux

☐ c. l'impérialisme colonial et économique

2. Quels sont les différents groupes mémoriels issus de la guerre d'Algérie en France ?

☐ a. les anciens du FLN, les harkis, les pieds-noirs

☐ b. les pieds-noirs, les harkis, les anciens combattants

3. Le TPIY a jugé des criminels...

☐ a. uniquement de nationalité serbe.

☐ b. serbes, croates, musulmans de Bosnie et albanais du Kosovo.

CORRIGÉS

1 Crime contre l'humanité et génocide

1. Réponse a. Les lois mémorielles qualifient ou condamnent officiellement des événements passés qui étaient discutés. Elles ont pour but d'établir et imposer une version « officielle » d'événements historiques mais elles n'imposent pas un devoir civique et moral d'entretenir le souvenir de ces événements.

2. Réponse c. Il ne revient pas à l'ONU de reconnaître officiellement un génocide, c'est le rôle de la justice et des historiens. Marqué par l'étude des violences de masse commises contre les Arméniens, Raphael Lemkin a élaboré le concept de génocide. Pourtant le massacre des Arméniens n'a pas été officialisé par l'ONU mais par certains de ses membres.

3. Réponses a et b. Parce qu'il est exceptionnel, qu'il marque les consciences et transgresse la morale, un crime contre l'humanité est imprescriptible et rétroactif. Il est commis sur une grande échelle ou d'une manière systématique, à l'instigation ou sous la direction d'un gouvernement ou d'une organisation.

Mots clés

Un crime est **imprescriptible** lorsqu'il ne s'efface pas avec le temps. Il est **rétroactif** lorsqu'il s'applique à des faits qui se sont déroulés avant sa date de mise en application.

2 Histoire et mémoire des conflits

1. Réponse c. Pour Lénine, le capitalisme et le colonialisme sont les causes de la Première Guerre mondiale.

2. Réponse b. Les anciens du FLN vivent en Algérie et ne constituent donc pas un groupe mémoriel en France.

3. Réponse b. S'il a jugé une majorité de Serbes accusés de crime de guerre et de crime contre l'humanité, le TPIY a également jugé des Croates, des musulmans de Bosnie et des Albanais du Kosovo.

Les lieux de mémoire du génocide

30

☐ OK

Alors que les derniers témoins du génocide des Juifs et des Tsiganes s'éteignent, les lieux de mémoire ont un rôle éducatif crucial et sont des supports au « devoir de mémoire ».

I Des lieux de mémoire rares dans l'immédiat après-guerre

- En France, dès 1945, les rares survivants du génocide inscrivent les noms des victimes sur des plaques, mais sans indiquer leur confession. Pour l'opinion publique, la déportation est alors uniquement liée à l'action résistante.
- Le génocide n'est pas clairement évoqué et ses lieux de mémoire restent confinés à la communauté juive : monuments dans les carrés juifs des cimetières et les synagogues, commémorations dans les camps par des associations de déportés.

Mot clé

Un « **lieu de mémoire** » est un concept défini par l'historien Pierre Nora en 1984. Il désigne des symboles et des lieux liés à des événements historiques dont la collectivité veut se souvenir. Par exemple pour la France : Notre-Dame de Paris, la Marseillaise...

- Les camps, premiers lieux de mémoire, sont instrumentalisés pour servir une mémoire officielle : Auschwitz-Birkenau est présenté par les Soviétiques comme un lieu du martyre des communistes et des Polonais.

II La multiplication des lieux de mémoire

1 La création des premiers mémoriaux (1950-1960)

- Le premier mémorial du martyr juif inconnu est inauguré à Paris en 1956. Cette initiative est mal perçue par l'État d'Israël qui vote une loi fondant Yad Vashem. Cet organisme, fondé en 1957, obtient le droit exclusif de recenser les victimes de la Shoah et de distribuer les autorisations de construire des mémoriaux.
- Isaac Schneersohn, à l'initiative du mémorial parisien, met au point une norme pour les mémoriaux : dans un même lieu, coexistent espaces de recueillement, archives, bibliothèque, salle de conférences et expositions.

2 La déferlante mémorielle (1990-2010)

- Depuis les années 1990, les sociétés prennent conscience de **la disparition des survivants** et les « musées de la Shoah » se multiplient.
- Les **musées narratifs** retracent le processus génocidaire : Mémorial du martyr juif inconnu à Paris, devenu Mémorial de la Shoah en 2005 ; Mémorial aux Juifs assassinés d'Europe à Berlin (2005) ; Mémorial de l'Holocauste à Washington (1993).
- Les **musées *in situ*** décrivent le génocide dans certains des lieux où il s'est déroulé : **camps d'internement** français (Pithiviers, Drancy, etc.), **camps de concentration** ou **centres de mise à mort** polonais.
- Enfin, des **musées consacrés à la Seconde Guerre mondiale** (Mémorial de Caen, Imperial War Museum à Londres) abritent un espace dédié à la Shoah, de même que des musées consacrés à l'histoire et à la culture juives (musées juifs de Berlin, Vienne, Varsovie ou Londres).

III Entre histoire et devoir de mémoire

- Les lieux de mémoire *in situ* complètent la **connaissance historique** et permettent de saisir une **atmosphère** et l'ampleur de la destruction. Les anciens ghettos illustrent le dynamisme de la culture juive polonaise avant son **anéantissement**. Ces lieux de mémoire ne sont pas indispensables pour faire l'histoire. Ils répondent plutôt au **devoir de mémoire** que les États et les sociétés entretiennent pour rendre hommage aux victimes et ne pas oublier ce qu'elles ont vécu.
- Pourtant, certains mémoriaux restent à créer : le **génocide des Tsiganes**, oublié pendant 40 ans, manque aujourd'hui de lieux de mémoire et de mémoriaux officiels. Angela Merkel à Berlin en 2012 et François Hollande à Saint-Sixte en 2016 ont inauguré des monuments rendant hommage aux victimes de cette communauté.

L'ESSENTIEL

Les lieux de mémoire de la Shoah

- **Après-guerre** : monuments dans les synagogues et dans les cimetières juifs
- **1950-1960** : premiers mémoriaux, espaces de recueillement et d'échanges (Paris en 1956…)
- **1990-2010** : multiplication des mémoriaux et musées (Mémorial de la Shoah en 2005…), y compris *in situ* (camp d'Auschwitz…)

Juger les crimes nazis après Nuremberg

31

☐ OK

Si les procès des criminels nazis permettent d'établir leurs différents niveaux de responsabilité, ils sont aussi des outils pour faire l'histoire et des moments de construction de la mémoire.

I Une justice pour l'histoire

1 Passer de la guerre à la paix

- De novembre 1945 à octobre 1946, vingt-quatre dignitaires nazis sont poursuivis par le **Tribunal militaire international de Nuremberg** ▶ FICHE 24. L'accusation se base sur des documents écrits. Ils sont un point de départ pour écrire l'histoire du nazisme. Le génocide des Juifs est évoqué mais il est dilué dans la masse des crimes nazis.
- Les Américains tiennent **douze autres procès** « successeurs » à Nuremberg avant 1949. 177 personnes sont jugées : des médecins des camps, des membres des *Einsatzgruppen* ainsi que des entreprises comme IG Farben (productrice du Zyklon B).

Chiffres clés

Au total, **5 025 personnes** sont jugées pour les crimes nazis dans les zones occidentales, et sans doute **plus de 10 000** dans la zone soviétique.

- L'ONU adopte en 1948 la **Convention pour la prévention et la répression du crime de génocide** et la **Déclaration universelle des droits de l'homme**. La Shoah entre dans l'histoire de l'humanité ▶ FICHE 24.

2 Une entreprise judiciaire difficile

- Dans le contexte de la guerre froide, la justice est transférée aux autorités allemandes qui se montrent **clémentes** vis-à-vis des fonctionnaires et des officiers nazis. En 1947, **Simon Wiesenthal** crée en Autriche un centre de documentation qui se consacre à retrouver les criminels nazis qui ont fui, notamment en Amérique latine.
- En France, dans les années 1950, les tribunaux militaires jugent des Allemands pour crimes de guerre, souvent par contumace : **Klaus Barbie**, responsable de la Gestapo à Lyon (1952) ; **Aloïs Brunner**, responsable du camp de Drancy (1954).

Mot clé

Un **jugement par contumace** a lieu en l'absence de l'accusé.

II Une justice pour la mémoire

1 Le procès d'Eichmann : le « Nuremberg du peuple juif »

- Le procès d'Adolf Eichmann, enlevé en Argentine, se déroule en 1961 à Jérusalem. Il constitue un **tournant dans l'histoire de la mémoire juive** : c'est le premier procès centré exclusivement sur l'extermination des Juifs. Les récits de nombreux **témoins**, diffusés à la radio et à la télévision, provoquent une **prise de conscience mondiale**.

- En Israël, ce procès renforce les liens entre le pays et la diaspora. En Allemagne, il encourage les autorités à **poursuivre les criminels en liberté** : des responsables d'Auschwitz sont jugés à Düsseldorf (1963-1965), ceux de Majdanek et de la déportation de Juifs de France sont jugés à Cologne (1975-1981).

> **Mot clé**
> La **diaspora** juive désigne l'ensemble des Juifs vivant hors d'Israël après sa création.

2 Les derniers procès de la Shoah en Europe

- En France, à la fin des années 1960, la mémoire de la Shoah émerge. Grâce à la loi de 1964 rendant le crime contre l'humanité **imprescriptible**, poursuivre les criminels nazis devient possible.

- Le procès de **Klaus Barbie** (dirigeant de la Gestapo à Lyon) se tient en 1987, grâce au combat mené par **Serge et Beate Klarsfeld**. Pour la première fois en France, un homme est jugé pour crime contre l'humanité. Médiatisé, filmé, ce procès permet de combattre le **négationnisme** et donne une leçon d'histoire.

- Les **derniers criminels nazis** sont traduits en justice en Allemagne dans les années 2000. Très âgés, ils disparaissent peu à peu. Pourtant, à l'été 2013, le centre Simon-Wiesenthal lance en Allemagne une campagne d'affichage pour débusquer les derniers nazis. Pour Serge Klarsfeld, de tels procès ne sont plus souhaitables.

L'ESSENTIEL

Juger les crimes nazis

- **Justice internationale**
  1945-1946 : procès de Nuremberg
- **Justices nationales**
  1961 : procès Eichmann à Jérusalem
  1987 : procès Klaus Barbie à Lyon

Le génocide dans la littérature et le cinéma

32

☐ OK

Relater ou mettre en scène le génocide semble impossible tant les mots et les images sont incapables de décrire l'horreur. Pourtant, témoigner est une nécessité pour lutter contre l'oubli. Les récits littéraires et les films ont suivi le rythme de l'histoire de la mémoire du génocide.

I Une intention précoce mais difficile

1 Écrire et filmer pendant la guerre

Dès la fin de 1941, les **Soviétiques** filment les traces des exactions commises à l'Est, notamment la mise à jour des fosses : à des fins de **propagande** (mobiliser la haine de l'ennemi) et pour alerter l'**opinion internationale**. Dès 1942, les **habitants des ghettos polonais** écrivent pour laisser une trace de leurs souffrances mais aussi pour fournir des éléments de preuve du génocide.

2 Dans l'immédiat après-guerre : un récit inaudible

- Entre 1945 et 1948, près de 400 « livres du souvenir » sont écrits collectivement par des survivants des ghettos. Mais ces œuvres ne connaissent qu'une diffusion confidentielle : le temps est à l'**oubli**.

Info

Le ***Journal*** **d'Anne Frank** et ***Si c'est un homme*** **de Primo Levi** sortent en 1947. S'ils sont aujourd'hui considérés comme des œuvres majeures sur la Shoah, ils n'ont eu que peu de lecteurs à leur sortie.

- En 1945, les **images anglo-saxonnes** de la libération des camps sont diffusées au cinéma avant les actualités : le monde découvre l'horreur des « camps ». Elles sont présentées comme des **preuves à Nuremberg**. Mais elles font naître une **confusion** durable entre les déportés sélectionnés pour travailler et les Juifs exterminés dans les chambres à gaz.

II Le réveil littéraire et cinématographique

- Dans les années 1948-1955, les récits littéraires se tarissent **faute de lecteurs et de témoignages**. Les films concernant la Shoah sont tout aussi rares, sauf à l'Est où certains sont tournés à Auschwitz, ouvert par les Soviétiques en 1947.

- En 1956, *Nuit et Brouillard*, premier film français évoquant le système concentrationnaire nazi, choque par sa violence. Mais le sort des Juifs n'est pas identifié, c'est un documentaire sur la déportation.
- Le procès d'Eichmann ▶ FICHE 31, en 1961, libère la parole. Ainsi, Léon Uris publie *Exodus* (1961), adapté au cinéma la même année, et Primo Levi sort *La Trêve* (1963), récit de son retour en Italie. À cette occasion, *Si c'est un homme* est réédité et connaît un succès mondial. *La Nuit,* d'Elie Wiesel, connaît un cheminement analogue.
- En 1977, la série télévisée américaine *Holocaust*, réalisée par Marvin Chomsky, matérialise également ce tournant. Malgré un succès considérable, elle suscite les critiques des rescapés. Elle est diffusée en France en 1979, pendant le procès de Cologne, afin de répondre aux premiers propos négationnistes.

III La Shoah : un sujet devenu universel

- En 1985 sort le film *Shoah*, de Claude Lanzmann. Ce documentaire de plus de 9 heures est constitué de témoignages de victimes, de bourreaux (filmés à leur insu) et de villageois témoins du génocide.
- Entre 1985 et 2000, 2 000 films sont consacrés à la Shoah, dont *La Liste de Schindler* (1993) et *La Vie est belle* (1997), et plus de 20 000 films depuis les années 2000 comme *Le Pianiste* (2002) ou *La Rafle* (2009). Le film hongrois *Le Fils de Saul* (2015), qui met en scène le quotidien d'un *Sonderkommando*, obtient le Grand Prix du festival de Cannes. Le sujet devient universel.
- Les derniers rescapés vivants prennent la plume (Ida Grinzpan, *J'ai pas pleuré*, 2002). Après la génération des enfants de déportés dans les années 1990 (Patrick Modiano, Art Spiegelman avec la bande dessinée *Maus*), c'est aujourd'hui celle des petits-enfants qui écrit. Ils rédigent ainsi des enquêtes sur les grands-parents qu'ils n'ont jamais connus (Daniel Mendelsohn, *Les Disparus*, 2006).

L'ESSENTIEL

Le génocide dans la littérature et le cinéma

Le silence	Le réveil	Un sujet universel
1956 *Nuit et Brouillard* d'A. Resnais	**1966** Réédition de *Si c'est un homme* de P. Levi	**1985** *Shoah* de Cl. Lanzmann

Quiz EXPRESS 33

Avez-vous bien révisé les fiches 30 à 32 ? On vérifie !

Histoire et mémoires du génocide des Juifs et des Tsiganes

1 Les lieux de mémoire du génocide

▶ FICHE 30

1. La mémoire du génocide est-elle entendue dès 1945 ?

☐ a. Oui, le génocide est reconnu et dénoncé.

☐ b. Non, les sociétés sont focalisées sur la Résistance.

☐ c. Non, car le nombre de rescapés est faible.

2. Quel lieu de mémoire du génocide est devenu une « autorité du souvenir » ?

☐ a. le Mémorial de la Shoah à Paris

☐ b. Yad Vashem à Jérusalem

☐ c. le Mémorial de l'Holocauste à Washington

2 Juger les crimes nazis après Nuremberg

▶ FICHE 31

1. Des nazis ont échappé aux poursuites judiciaires car...

☐ a. ils ont été graciés. ☐ b. ils ont fui.

2. Le procès de Klaus Barbie marque un tournant mémoriel car...

☐ a. il est le dernier condamné à mort en France.

☐ b. il est le premier accusé de crime contre l'humanité en France.

☐ c. le procès rappelle les faits et permet de lutter contre le négationnisme.

3 La Shoah dans la littérature et le cinéma

▶ FICHE 32

Quels sont les principaux témoignages du génocide écrits dès la fin du conflit ?

☐ a. ceux des rescapés des ghettos polonais

☐ b. ceux des rescapés des camps de concentration

☐ c. ceux des rescapés des centres de mise à mort

CORRIGÉS

1 Les lieux de mémoire du génocide

1. Réponses b et c. Simone Veil racontait souvent qu'à son retour de déportation elle avait eu envie de parler, comme de nombreuses autres victimes, mais on ne voulait pas l'entendre, son expérience était trop difficile. L'époque est alors à la glorification de la Résistance (résistancialisme). De plus, les déportés juifs sont peu nombreux (moins de 4 000) à rentrer en France en 1945 et souhaitent participer à la reconstruction du pays, sans se faire remarquer.

2. Réponse b. Le mémorial de Yad Vashem est celui qui accorde les autorisations de construire des mémoriaux concernant la Shoah à travers le monde.

2 Juger les crimes nazis après Nuremberg

1. Réponse b. Tous les grands criminels nazis n'ont pas été jugés. Les deux premiers d'entre eux, Hitler et Himmler, se sont suicidés. Eichmann a été retrouvé et enlevé par les services secrets israéliens en Argentine en 1961 car, comme de nombreux autres criminels, il avait fui en Amérique latine. Nombreux sont ceux aussi qui ont profité de l'encombrement des tribunaux et du besoin des Alliés d'avoir des cadres dirigeants pour gouverner l'Allemagne.

2. Réponses b et c. La peine de mort a été abolie en France en 1981, quel que soit le crime. Klaus Barbie a été condamné à la réclusion à perpétuité et il est mort en prison en 1991 à Lyon. Lors de son procès, les thèses négationnistes se font entendre. Ce procès est un moyen de lutter contre ses thèses : lors des débats, des scolaires sont présents dans le tribunal, ce procès se veut aussi pédagogique.

Mot clé

Le **négationnisme**, terme créé par l'historien Henry Rousso en 1987, est le fait de nier l'existence du génocide.

3 La Shoah dans la littérature et le cinéma

Réponse a. Les premiers témoignages sont souvent des écrits collectifs d'anciens habitants des ghettos polonais.

*FLASH*CARDS

34

Mémorisez les idées clés des fiches 23 à 32

Histoire et mémoires

1

Quelle est la différence entre l'histoire et la mémoire ?

FICHE 23

2

Qu'est-ce qu'un régime mémoriel ?

FICHE 23

3

Qu'est-ce qu'un crime contre l'humanité ?

FICHE 24

4

Pourquoi des tribunaux populaires ont-ils été créés au Rwanda ?

FICHE 27

5

Qu'est-ce qu'un lieu de mémoire ?

FICHE 30

6

Qu'est-ce qu'un mémorial ?

FICHE 30

7

Quelles sont les types de lieux de mémoire *in situ* de la Shoah ?

FICHE 30

8

Pourquoi le procès d'Eichmann constitue-t-il un « tournant mémoriel » ?

FICHE 31

RÉPONSES

Pour mieux ancrer les connaissancese, découpez les cartes et jouez avec !

2

Un **régime mémoriel** est une **étape suivie par la mémoire** : l'amnésie (quand la mémoire est refoulée), puis l'éveil et enfin l'obsession mémorielle.

1

- **Histoire** : reconstruction scientifique du passé qui se veut **objective.**
- **Mémoire** : reconstruction affective du passé, forcément **subjective.**

4

Suite au génocide de 1994 au **Rwanda**, les **tribunaux populaires *gacaca*** ont répondu aux **insuffisances** des tribunaux nationaux et internationaux face à des dossiers trop nombreux à instruire.

3

Crime contre l'humanité : assassinat, réduction en esclavage, déportation et **tout acte inhumain** commis contre des **populations civiles**.

6

Mémorial : monument commémoratif érigé en souvenir d'un événement (monument aux morts, musée, statue, etc.).

5

Lieu de mémoire : lieu ou symbole lié à des événements historiques dont la **collectivité** veut entretenir le souvenir. C'est un concept forgé par l'historien **Pierre Nora** en 1984.

8

Le **procès d'Eichmann** (1961) est le premier procès de criminel nazi à se tenir à **Jérusalem**, le premier à se concentrer sur le **sort des Juifs** et à faire passer à la barre de très nombreux **témoins**.

7

Les **centres de mise à mort** polonais (Auschwitz-Birkenau, Chelmno, Treblinka...), les **camps de concentration**, les **camps d'internement** mais aussi des **gares** (Drancy) sont des musées *in situ*.

La construction et l'élargissement de la notion de patrimoine

35

☐ OK

Au départ héritage que l'on transmet à ses enfants, le patrimoine est devenu par extension l'héritage légué par une communauté à ses descendants. Il se place ainsi entre histoire, mémoire et identité.

I La naissance du patrimoine

1 Un patrimoine hérité

- Dans l'Antiquité, le *patrimonium* désigne l'ensemble des biens et des droits hérités du père. Le patrimoine relève donc de la sphère privée. Au Moyen Âge, la notion s'étend au monde religieux : objets de culte (reliques) et livres sacrés.
- À l'aube de la Renaissance, le pouvoir royal et les papes s'inquiètent de la conservation des œuvres antiques, notamment à Rome. Mais il s'agit surtout de préserver l'accès à la connaissance de l'Antiquité plutôt que de protéger des vestiges. Des aristocrates créent les premiers cabinets de curiosités, collections d'objets antiques.

2 Un patrimoine revendiqué

- Au XVIIIe siècle, sous l'influence des Lumières, les monuments sont vus désormais comme l'héritage d'une époque qu'il faut transmettre. Des collections privées deviennent des musées : British Museum à Londres (1759), Prado à Madrid (1785), Offices à Florence (1796).
- La définition précise du patrimoine se dessine pendant la Révolution française : certaines œuvres liées à l'Ancien Régime sont détruites, les biens confisqués aux nobles émigrés et au clergé sont vendus, églises et châteaux sont menacés. L'abbé Grégoire s'insurge contre le « vandalisme » et réclame la protection de ces biens.

Mot clé

Le **patrimoine** désigne une trace du passé dont l'intérêt historique, esthétique et culturel justifie qu'elle soit conservée.

II Du patrimoine national au patrimoine mondial

- Au XIXe siècle, le patrimoine prend une place importante dans la construction des identités nationales car il transmet des valeurs et témoigne d'une histoire commune.

- Les destructions de la **Première Guerre mondiale** révèlent la nécessité de protéger des monuments historiques. En 1931 à Athènes, une première conférence internationale développe l'idée d'un **patrimoine de l'humanité**. En 1964, alors que l'industrialisation et l'urbanisation mettent en péril des sites comme Venise ou Florence, 42 pays signent la charte de Venise. En 1972, la **Convention pour la protection du patrimoine mondial, culturel et naturel** est signée par l'Unesco.

> **Info**
> La **charte de Venise** fixe en 1964 un cadre international à la conservation et à la restauration des objets et bâtiments anciens.

- À partir des **années 1970**, le patrimoine prend une nouvelle fonction afin de conserver les œuvres pour leur **valeur de témoignage du passé** : c'est la naissance du **patrimoine rural** (lavoirs, instruments de travail, objets ménagers), **industriel** (gares, mines, anciennes usines, etc.) et **urbain**. Le patrimoine devient **social** : il symbolise des mémoires nationales différentes et de plus en plus **locales.**

- La notion de **patrimoine immatériel** se développe surtout à partir des **années 1990**. Il désigne des traditions, des rites, des coutumes. Progressivement, le terme de patrimoine devient subjectif : il peut désigner tout ce qui fonde l'identité d'un lieu, d'un site, d'un peuple.

- Le patrimoine est devenu aujourd'hui un **atout économique**, une source de **rayonnement** pour le site qui les abrite. Mais l'augmentation des biens patrimonialisés accroît de fait les coûts de conservation ou de restauration. En Europe, les pouvoirs publics se tournent de plus en plus vers des mécènes privés.

L'ESSENTIEL

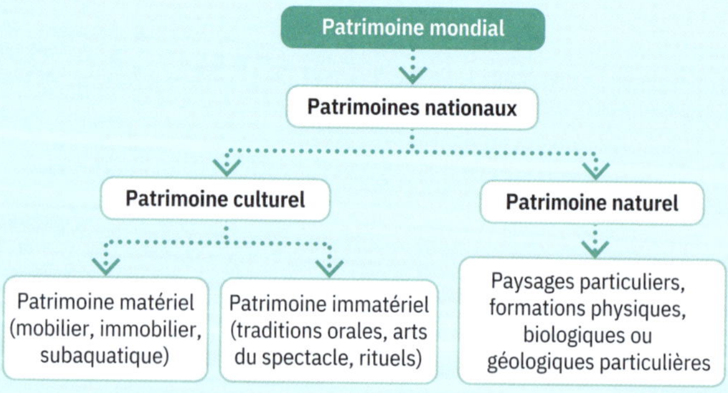

Le patrimoine mondial de l'Unesco

36

☐ OK

Le patrimoine mondial de l'Unesco désigne un ensemble de biens culturels et naturels présentant un intérêt exceptionnel pour l'héritage commun de l'humanité. Aujourd'hui très diversifié, il reste spatialement concentré.

I Une construction internationale

1 Les origines

- En 1931, à Athènes, lors du premier Congrès international des architectes et techniciens des monuments historiques, est évoquée pour la première fois l'existence d'un patrimoine mondial à protéger, sans proscrire aucune époque.

- Créée en 1945, l'Unesco adopte en 1954 une Convention pour la protection des biens culturels en cas de conflit armé et elle coordonne, en 1964, le sauvetage des temples d'Abou Simbel en Égypte, menacés par la création du barrage d'Assouan.

Mot clé

L'**Unesco** est une institution spécialisée de l'ONU créée en 1945 pour défendre l'éducation, la science et la culture.

- En 1965, les États-Unis demandent la création d'une Fondation du patrimoine mondial afin de protéger les « lieux, paysages et sites historiques les plus extraordinaires ». En 1970, l'Unesco s'engage contre le trafic des biens culturels.

2 Les objectifs

- La Convention pour la protection du patrimoine mondial, culturel et naturel (16 novembre 1972) souhaite faire connaître et protéger des sites considérés comme exceptionnels.

- À partir de 1978, le Comité du patrimoine mondial distingue ce caractère exceptionnel en fonction de critères précis, élargis en 2004 : représenter un chef-d'œuvre, apporter un témoignage d'une civilisation, représenter un phénomène naturel d'une beauté exceptionnelle, etc.

- Les États signataires de la Convention de 1972 doivent conserver, gérer et transmettre les biens inscrits sur la liste du patrimoine mondial aux générations futures. Ces biens sont placés sous une sorte de sauvegarde internationale.

II Un patrimoine diversifié mais spatialement concentré

1 Un patrimoine diversifié et menacé

- La liste du patrimoine mondial de l'humanité comptait 300 sites en 1979 et **1 154 sites en 2022**. Les biens culturels sont les plus nombreux (897), puis viennent les biens naturels (218) et des biens mixtes (39).
- Les conflits armés, les catastrophes naturelles, la pollution, l'urbanisation et le tourisme peuvent mettre en danger les caractéristiques pour lesquelles un site a été inscrit au patrimoine mondial. 52 sites sont aujourd'hui classés **« en péril »**.
- En 2003, l'Unesco établit une **liste représentative du patrimoine culturel immatériel**. Ce patrimoine s'est beaucoup diversifié : chants, carnavals, fêtes, etc. On compte aujourd'hui plus de 500 éléments répertoriés dans cette liste.

2 Un patrimoine spatialement concentré

- L'**Europe** compte **le plus de sites classés au patrimoine mondial** : l'Italie (58) grâce aux centres historiques de Rome, Florence et Venise, l'Allemagne (51), l'Espagne et la France (49 chacune).
- Les **puissances émergentes**, comme la Chine (56 sites, à la 2e place mondiale), l'Inde (40) et le Mexique (35), attirent également de nombreux touristes pour les **sites exceptionnels** qu'elles abritent.
- L'**Afrique** représente moins de 9 % des biens inscrits au patrimoine mondial et totalise **30 % des biens en péril**. Elle concentre surtout des **biens immatériels**. De nombreuses constructions, fragiles, n'ont pas survécu au temps et elles sont souvent reconstruites au prix de leur authenticité. Le manque de moyens pour constituer les dossiers de candidatures, l'instabilité politique expliquent également ce retard. Dans les **pays les moins avancés**, le patrimoine n'est **pas un enjeu prioritaire**.

L'ESSENTIEL

La notion de patrimoine mondial

- **1931** Charte d'Athènes évoquant un patrimoine mondial
- **1972** Convention de l'Unesco pour la protection en cas de conflit armé
- **2003** Patrimoine immatériel reconnu par l'Unesco

Les usages de Versailles, de l'Empire à nos jours

37

☐ OK

Prestigieux palais des rois de France, symbole de la monarchie absolue, Versailles n'a cessé d'être un lieu politique depuis le XIXe siècle.

I Versailles monarchique et impérial

1 D'une résidence royale abandonnée…

- Résidence des rois de France de Louis XIV à Louis XVI, le château de Versailles est épargné par les destructions révolutionnaires. Placé sous la responsabilité de l'État, il voit ses collections de peintures et de sculptures transférées au Louvre à Paris en 1793. Il devient un lieu de dépôt des biens confisqués par la Révolution.

Info

Le **domaine du Versailles** est constitué du château, de ses jardins, des Grand et Petit Trianon, du hameau de la Reine, de canaux et d'une orangerie.

- Napoléon Ier (1805-1815), conscient que le palais renvoie à la monarchie absolue, ne s'y installe pas lorsqu'il devient empereur, mais remet en état les Grand et Petit Trianon pour y séjourner en famille.

2 … à un musée de l'histoire de France

- Louis-Philippe (1830-1848) utilise Versailles à des fins politiques : un musée dédié « à toutes les gloires de la France », inauguré en 1833, vise à réconcilier tous les Français derrière une histoire commune.
- Sous Napoléon III (1852-1870), le château redevient un lieu de représentation du pouvoir. Il accueille des invités prestigieux comme la reine Victoria en 1855.

II Versailles républicain

- En 1871, l'Empire allemand est proclamé dans la galerie des Glaces après la défaite du Second Empire. La Troisième République y naît quand le Parlement s'y réfugie après la Commune et jusqu'en 1879. Entre 1873 et 1953, le Congrès y procède à seize élections présidentielles.

Mot clé

Le **Parlement** est constitué de deux assemblées, l'Assemblée nationale et le Sénat. Quand tous les parlementaires sont réunis, ils forment le **Congrès**.

- Versailles reste un symbole de pouvoir au XXe siècle : lieu où est signé le traité de paix en 1919, résidence des dirigeants étrangers en visite officielle (John F. Kennedy en 1961). On y organise aussi des sommets internationaux (G7 en 1982).
- Le château de Versailles continue d'accueillir le Congrès lorsqu'il se réunit pour écouter le président ou modifier la Constitution.

III Versailles : un patrimoine de l'humanité

- Versailles est inscrit sur la liste des monuments historiques en 1862. Dans les années 1920, le milliardaire américain Rockefeller fait de très importants dons pour sa restauration, inaugurant la pratique de la philanthropie et du mécénat indispensables au lieu.
- À l'approche de la Seconde Guerre mondiale, les accès à la galerie des Glaces sont murés et les pièces les plus importantes sont envoyées en province. En 1954, le film *Si Versailles m'était conté* (Sacha Guitry) permet au château de retrouver une notoriété auprès du grand public.
- Depuis le XIXe siècle, les conservateurs de Versailles ont cherché à redonner vie au palais des rois de France en remeublant ses appartements, tandis que le Grand Trianon était consacré à la période du Premier Empire. Le château et son domaine sont inscrits sur la liste du patrimoine mondial en 1979 ▶ FICHE 36.
- Dévasté par une tempête en 1999, le parc du château est restauré grâce à une souscription internationale. En 2003, naît le projet du « Grand Versailles », grand chantier de rénovation de la galerie des Glaces et du Petit Trianon.

Info

Le **château de Versailles** accueille entre 7 et 8 millions de visiteurs par an. Il est le second site visité en France après le Louvre.

L'ESSENTIEL

Les usages du château de Versailles

Usages politiques
- siège du Parlement
- symbole de puissance

Usages sociaux
- monument historique
- patrimoine mondial

Les frises du Parthénon depuis le XIXe siècle

38

☐ OK

Des pays anciennement colonisés réclament la restitution de leur patrimoine culturel « pillé » par les puissances occupantes. Le cas des frises du Parthénon est révélateur de ces conflits patrimoniaux devenus géopolitiques.

I De l'Acropole au British Museum

- Lors des guerres médiques, qui opposent les Grecs aux Perses au ve siècle av. J.-C., Athènes est en partie détruite. **Périclès** la fait rebâtir et construit le **temple du Parthénon sur l'Acropole** (447-438 av. J.-C.).
- La frise intérieure du Parthénon mesure **160 mètres de long sur 1 mètre de hauteur** et représente **360 personnages** et **220 animaux**. 80 % de ses statues survivent aux intempéries et aux aléas historiques jusqu'au XIXe siècle.

> **Info**
> La **frise** du Parthénon relate la fête des Panathénées, procession civique qui se déroulait à Athènes dans l'Antiquité en l'honneur d'Athéna.

- Au XIXe siècle, la Grèce est sous **domination ottomane**. En 1801, le comte d'Elgin, ambassadeur britannique à Constantinople, obtient du sultan l'autorisation d'emporter des sculptures de l'Acropole qu'il s'approprie et achemine à Londres. Entreposées sur un terrain humide, elles souffrent des intempéries.
- En 1816, le **gouvernement britannique** achète les 120 tonnes de matériaux prélevés en Grèce pour la moitié des sommes engagées par Elgin. Les marbres sont transférés au **British Museum**.
- En 1940, pendant le Blitz, la frise du Parthénon est déplacée à l'abri dans les tunnels du **métro de Londres**. Après la guerre, elle réintègre le British Museum dans une **galerie spécialement conçue** pour elle.

II Des frises au cœur de tensions géopolitiques

1 Un trésor national pour la Grèce

- La moitié de la frise est conservée à **Londres** et un tiers se trouve encore à **Athènes**. Le reste est disséminé dans **différents musées européens** dont le Louvre. Dès son indépendance en 1822, la Grèce essaie de faire revenir les frises sur son sol. Entre 1834 et 1842, le roi Othon Ier tente de les racheter, en vain.

- En 1982, la ministre grecque de la Culture réclame la restitution des frises lors d'une conférence de l'Unesco. Depuis la chute de la dictature militaire en 1974, ces marbres sont en effet devenus un symbole du prestige antique du pays mais aussi du **retour de la démocratie.**
- La Grèce argue que la frise est un **trésor national**, un élément directement sculpté sur le Parthénon. La Grèce n'a jamais donné son accord pour son déplacement.

2 Une question insoluble

- Pour le gouvernement britannique, les marbres ont été **acquis légalement**. Le British Museum a **reproché à la Grèce** de ne pas disposer d'édifice sécurisé et adapté pour accueillir la frise, et à Athènes d'être une ville trop polluée pour sa conservation.
- Pourtant, les **traces de suie** datant de l'ère industrielle britannique sont encore présentes sur quelques marbres et, depuis juin 2009, Athènes a inauguré un nouveau **musée moderne** face à l'Acropole.

3 Une question internationale

- L'**Unesco** soutient officiellement la Grèce. L'Acropole et tous ses monuments sont inscrits au **patrimoine mondial depuis 1987**.
- Les tensions diplomatiques se sont ravivées lors des **Jeux olympiques d'Athènes** en 2000 et plus récemment depuis l'annonce du **Brexit**. Le gouvernement grec a demandé, en vain, une restitution de la frise à la **Commission européenne**.
- Le débat de la **propriété patrimoniale** est relancé : si les marbres revenaient à la Grèce, ceci créerait un précédent juridique et tous les musées occidentaux pourraient voir leurs collections coloniales repartir dans leurs pays d'origine.

L'ESSENTIEL

La restitution de la frise du Parthénon à la Grèce

Arguments *pour*
- œuvre **emblématique** de l'art et de l'histoire de la Grèce
- œuvre **réclamée** par les Grecs
- **appropriation sans accord** de la Grèce

Arguments *contre*
- **acquisition légale** par le British Museum
- **moins bonnes conditions** de sécurité et de conservation à Athènes
- risque de créer un **précédent juridique**

Paris, entre protection et nouvel urbanisme

39

☐ OK

Le patrimoine de Paris témoigne de son histoire ancienne et de son rôle précoce de capitale politique. Il constitue un élément de rayonnement international mais son poids risque aussi de figer l'évolution de la capitale de la France.

I Un patrimoine ancien, façonné par le pouvoir

- Paris n'a **pas subi de destruction massive** et conserve les traces de son passé antique et médiéval autour de la Seine et de l'île de la Cité (arènes de Lutèce, Notre-Dame, Sainte-Chapelle).
- À la fin du XIIe siècle, la ville s'étend de l'île Saint-Louis au Marais qui se couvre d'hôtels particuliers et de places royales (place des Vosges). Ce lien étroit entre **pouvoir royal** et **patrimoine religieux** se maintient jusqu'au XVIIIe siècle.
- Pendant la **Révolution française**, des églises et symboles du pouvoir royal sont détruits. Des espaces deviennent **des lieux de mémoire** : la place Louis XV devient la place de la Révolution, où Louis XVI est guillotiné, puis la place de la Concorde, pour faire oublier la Terreur.
- De 1853 à 1869, **Haussmann**, préfet de la Seine, modernise Paris : des quartiers sont rasés, la ville est aérée par des grandes avenues et des parcs afin de faire circuler l'air (hygiénisme). Le « Beau Paris » devient la vitrine de la France.

> **Info**
> Le « **Beau Paris** » correspond aux constructions des bords de Seine datant du XIXe siècle : tour Eiffel, Grand Palais, pont Alexandre III, gare d'Orsay devenue le musée d'Orsay.

- Au XXe siècle, les **grands chantiers présidentiels** prouvent que l'architecture contemporaine a sa place dans la capitale : Centre Georges Pompidou, opéra Bastille, pyramide du Louvre, musée du Quai Branly, bibliothèque F. Mitterrand.

II Patrimonialisation et urbanisme à Paris

1 Une patrimonialisation progressive

- La Révolution française permet l'élaboration de la notion de patrimoine, sous le nom de « **monuments historiques** » ▶ FICHE 43. Une loi de 1913 étend cette dénomination, et donc la protection, à des biens privés, comme des immeubles ou des hôtels particuliers.

- La différenciation entre patrimoine et monument historique s'estompe sous l'impulsion de la **loi Malraux** de 1962. Pour éviter la disparition de quartiers historiques entiers sont créés des **secteurs sauvegardés**, comme le Marais.

2 Une modernisation urbaine qui fait débat

> **Mot clé**
>
> L'**urbanisme** est la science de l'aménagement et de l'organisation des villes.

- Sous la présidence de Georges Pompidou (1969-1974), le transfert à Rungis du grand marché des Halles, au cœur de Paris, s'accompagne de la disparition des pavillons Baltard, provoquant des **réactions hostiles**. D'autres projets d'urbanisme (tours du Front de Seine, de Montparnasse, voie de circulation de la Seine) suscitent des **oppositions**.
- Ces événements attirent l'attention sur le sort des immeubles qui, sans être des monuments historiques, témoignent du passé de la ville. Des **architectures industrielles**, comme la gare d'Orsay ou le Grand Palais, sont alors sauvegardées.

3 Les risques du « tout patrimoine » à Paris

- Les **règles d'urbanisme** empêchent toute construction de plus de 25 mètres de haut dans les quartiers centraux et 37 mètres dans les quartiers périphériques pour ne pas dénaturer le paysage urbain.
- À l'inverse d'autres villes mondiales, le centre de Paris ne se dote pas de bâtiments modernes essentiels à ses fonctions de métropole mondiale, bâtiments relégués en **périphérie** (La Défense, Cité judiciaire).
- Avec la pratique du « **façadisme** », Paris court le risque de devenir un simple décor de luxe destiné au tourisme, d'être **muséifié**.

L'ESSENTIEL

Patrimonialisation et urbanisme à Paris

La nécessité de protéger
- patrimoine (île de la Cité, Louvre...)
- attachement des habitants au passé
- oppositions aux projets modernes (tour Montparnasse...)

Le risque du « tout patrimoine »
- règles d'urbanisme strictes (hauteur limitée à 25 m...)
- bâtiments modernes en périphérie
- ville musée (tourisme, luxe...)

La question patrimoniale au Mali

40

☐ OK

Le Mali possède quatre biens inscrits au patrimoine de l'Unesco. Ces sites, détruits ou rendus inaccessibles par des conflits, ont été en partie restaurés sous l'action de la communauté internationale. La préservation du patrimoine devient alors un moyen d'instaurer la paix et de favoriser le développement.

I Un patrimoine exceptionnel

- Au cœur du commerce transsaharien, le Mali abrite de nombreux sites exceptionnels qui témoignent de l'activité artistique, intellectuelle et scientifique depuis le Moyen Âge.

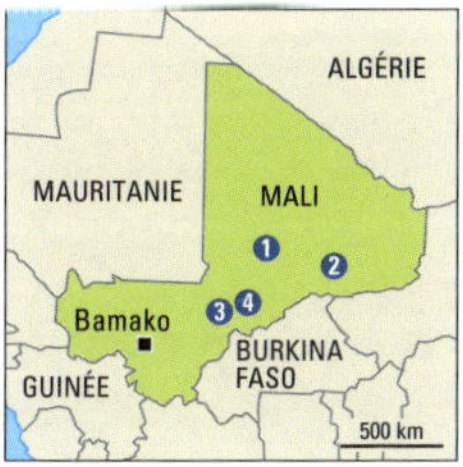

- Tombouctou et ses 16 mausolées (1), le tombeau des Askia à Gao (2), les villes anciennes de Djenné (3), les falaises de Bandiagara aménagées par les Dogons (4) regroupent des constructions qui témoignent de l'ancienneté du fait urbain en Afrique.

II Un patrimoine en péril

1 Le Mali : un pays en guerre

- Depuis l'indépendance du Mali en 1960, des tensions existent entre le Sud, peuplé de sédentaires, et le Nord où vivent les Touaregs, nomades. Ces derniers revendiquent leur indépendance au sein d'un mouvement nationaliste (MNLA).
- Des islamistes algériens, pourchassés, se réfugient au nord du Mali où ils créent en 2007 AQMI (Al-Qaida au Maghreb islamique). Avec Insar Dine, un courant islamiste touareg, ils repoussent le MNLA et occupent le nord du Mali en 2012.
- Affirmant que le Coran interdit la vénération des mausolées, les djihadistes détruisent ceux de Tombouctou en juin 2012. En janvier 2013, le sud du pays est menacé : le président malien demande l'intervention militaire de la France.

Mot clé

Un **mausolée** est un monument funéraire, souvent de grande dimension.

2 Les destructions patrimoniales

- En janvier 2013, les régions du nord sont libérées lors de l'opération *Serval*. Quatorze mausolées ont été détruits à Tombouctou. De nombreuses **bibliothèques** privées sont victimes d'un attentat en septembre 2013 : plus de 4 200 **manuscrits anciens** sont brûlés ou volés.
- Dans tout le nord du Mali, l'occupation islamique a empêché l'entretien d'un **patrimoine fragile** (en argile, terre cuite ou sable), ainsi que l'activité touristique, source de revenus. Des **pratiques inscrites au patrimoine immatériel** (musique, jeux, rassemblements) ont été interdites par les djihadistes.

III L'Unesco au secours du patrimoine malien

- Dès juin 2012, l'Unesco inscrit Tombouctou sur la liste des **biens en péril** et organise l'**exode de 370 000 manuscrits** vers Bamako. En février 2013, elle adopte un **plan d'action pour la réhabilitation du patrimoine culturel** du Mali.
- Grâce à des études minutieuses, les connaissances sur les mausolées et les rites progressent. Les **chantiers** permettent aux artisans de transmettre leur savoir-faire aux **jeunes générations**, la **population locale** est fortement mobilisée. Mais l'authenticité des sites est mise en cause.
- Cette première phase de reconstruction, achevée en 2016, prouve le rôle fédérateur et déterminant que joue le patrimoine culturel dans la **cohésion sociale** et la **paix**. Le patrimoine du Mali devrait pouvoir devenir un **levier du développement économique**, mais il reste menacé par une forte instabilité politique.

L'ESSENTIEL

Le patrimoine du Mali :
- mausolées de Tombouctou
- tombeau des Askia, à Gao
- villes anciennes de Djenné
- falaises de Bandiagara

Un patrimoine en péril
- tensions entre sédentaires du Sud et Touaregs du Nord
- actions terroristes d'AQMI

→ destruction de mausolées (2012) et de milliers de manuscrits anciens...

L'action de l'Unesco
- inscription de Tombouctou sur la liste des biens en péril dès 2012
- mise à l'abri de 370 000 manuscrits
- réhabilitation du patrimoine culturel

Venise, entre valorisation touristique et protection du patrimoine

41

☐ OK

Venise, l'une des villes les plus visitées au monde, est riche d'un patrimoine culturel exceptionnel. Construite sur un site naturel fragile, elle fait face à une véritable marée de touristes dont le flot incessant menace sa survie.

I Un patrimoine valorisé

1 Un patrimoine remarquable

- Venise est située au nord-est de l'Italie sur les rives de l'Adriatique. Venise devient une puissance maritime à partir du xe siècle. Centre culturel majeur du XIIIe siècle à la fin du XVIIe siècle, elle abrite de célèbres peintres pendant la Renaissance, dont Titien et Véronèse.

> **Chiffres clés**
> Venise s'étend sur **118 îlots** dans une lagune de **550 km²**.

- Trait d'union entre l'Orient et l'Occident, la « Sérénissime » survit à travers ses milliers de monuments et vestiges : le palais des Doges, la basilique Saint-Marc, le pont du Rialto, la basilique Santa Maria della Salute, le palais Ca' d'Oro, etc.
- La lagune de Venise constitue un exemple éminent d'habitat semi-lacustre. Les vasières y sont alternativement émergées et immergées au gré des marées. Les maisons sur pilotis, des villages comme Burano, font partie de son patrimoine.

2 Un tourisme de masse

- Près de 30 millions de touristes se rendent à Venise chaque année, soit près de 77 000 personnes par jour dont 57 000 excursionnistes venus visiter un centre de 17 km². Les croisiéristes représentent 1,5 million de visiteurs par an.

> **Mots clés**
> - Un **touriste** est une personne qui passe au minimum une nuit dans le lieu qu'il visite.
> - Les **excursionnistes** (dont les **croisiéristes**) ne dorment pas dans la ville.

- Depuis sa réintroduction en 1980, le carnaval de Venise est devenu un événement touristique majeur. La cité des Doges est également prise d'assaut à partir du printemps : le rapport entre le nombre d'habitants et le nombre de visiteurs y est de 1 pour 561. Le tourisme représente près de 12 % du PIB de la ville.

II Un patrimoine menacé à protéger

- Le passage incessant des **bateaux touristiques**, des **paquebots** de croisière et la fréquence des **hautes eaux** (*aqua alta*) rongent les fondations de la cité.

- Les **impacts** du tourisme sont nombreux : rues bondées, nuisances sonores, hausse des prix de l'immobilier. Les services publics et les commerces de proximité laissent la place à des échoppes de souvenirs. Les résidents ne sont plus aujourd'hui que 261 000, dont 56 000 dans le centre historique.

- En 1966, des pluies torrentielles provoquent des **inondations exceptionnelles** dans la ville et des milliers d'œuvres d'art sont détériorées. Le directeur de l'Unesco lance un appel à la solidarité internationale.

- Venise est **inscrite en 1987 au patrimoine mondial de l'Unesco**. Afin d'éviter sa submersion, le gouvernement italien lance, en 2003, le projet Mose.

Info

Le **projet Mose** est un système de 78 digues flottantes qui se relèvent et barrent l'accès à la lagune en cas de montée des eaux de l'Adriatique. Le projet devrait être achevé en 2022.

- Les autorités italiennes adoptent en 2016 un « **pacte pour Venise** » pour préserver la ville et sa lagune de la pression touristique. Dès 2017, la création de nouveaux hôtels dans le centre-ville est interdite. La municipalité cherche à tenir à distance les paquebots de croisière en les accueillant dans le port industriel de Marghera. Des projets visent à faire du **quartier de Mestre**, excentré et populaire, un nouveau lieu touristique et résidentiel. Développer un **tourisme durable** plus soucieux de l'environnement est devenu une nécessité.

L'ESSENTIEL

Le patrimoine de Venise :
- œuvres et monuments (Moyen Âge, Renaissance)
- habitat semi-lacustre
- carnaval traditionnel

Un patrimoine menacé
- passage des paquebots de croisière
- augmentation du niveau de la mer
- surtourisme, muséification

L'action de l'Unesco
- **1987** : inscription au patrimoine mondial de l'humanité
- **2003** : projet Mose (digues) contre la montée des eaux
- **2016** : « pacte pour Venise »

Quiz EXPRESS

42

Avez-vous bien révisé les fiches 35 à 41 ? On vérifie !

Le patrimoine : usages et enjeux

1 La notion de patrimoine

FICHES 35 ET 36

1. Quel événement est à l'origine de la notion de patrimoine ?

☐ **a.** la Renaissance ☐ **b.** la Révolution française

☐ **c.** la Première Guerre mondiale

2. Parmi ces affirmations, lesquelles sont vraies ?

☐ **a.** La Convention pour la protection du patrimoine mondial, culturel et naturel a été signée en 1972.

☐ **b.** L'Asie abrite le plus grand nombre de sites classés au patrimoine mondial.

☐ **c.** La première intervention de sauvegarde du patrimoine par l'Unesco concerne les temples d'Abou Simbel en Égypte.

2 Usages sociaux et politiques

FICHES 37 ET 38

1. Jusqu'en 1956 se déroulent au château de Versailles…

☐ **a.** les élections législatives. ☐ **b.** les élections présidentielles.

2. Pourquoi la Grèce veut-elle récupérer la frise du Parthénon ?

☐ **a.** parce qu'elle a été achetée à l'occupant ottoman

☐ **b.** parce qu'elle considère qu'elle a été volée

☐ **c.** parce qu'elle la considère comme un trésor national

3 Entre tensions et concurrence

FICHES 39 À 41

1. À qui doit-on l'aménagement actuel de Paris ?

☐ **a.** au roi Philippe Auguste ☐ **b.** au préfet Haussmann

☐ **c.** au cardinal de Richelieu

2. Au Mali, les djihadistes ont attaqué le patrimoine culturel…

☐ **a.** matériel. ☐ **b.** immatériel.

3. Les visiteurs de Venise sont surtout…

☐ **a.** des excursionnistes venus pour la journée.

☐ **b.** des touristes venus pour un séjour d'une semaine.

CORRIGÉS

1 La notion de patrimoine

1. Réponse b. Ce sont les destructions patrimoniales de la période révolutionnaire en France qui font prendre conscience de la nécessité de sauvegarder, pour les transmettre, les monuments les plus emblématiques de notre histoire.

2. Réponses a et c. Ce n'est pas l'Asie mais l'Europe et l'Amérique du Nord qui, avec 529 biens inscrits au patrimoine de l'Unesco, sont les continents où le patrimoine est le mieux identifié et préservé. L'Asie-Pacifique (268) et l'Afrique (96) regroupent essentiellement des biens immatériels.

Info

Le site de l'**Unesco** ne distingue pas l'Europe de l'Amérique du Nord dans ses statistiques, ces deux régions du monde étant regroupées dans l'**aire de civilisation occidentale**.

2 Usages sociaux et politiques

1. Réponse b. Depuis 1871 jusqu'en 1957, sous les IIIe et IVe Républiques, le président de la République est élu par les députés et sénateurs réunis en Congrès à Versailles.

2. Réponses a et c. La Grèce n'accuse pas le Royaume-Uni de vol : celui-ci a acheté légalement les morceaux de la frise à Lord Elgin qui les avait lui-même obtenus de l'Empire ottoman. Ces frises représentent surtout un trésor national que le peuple grec souhaite voir revenir à Athènes.

3 Entre tensions et concurrence

1. Réponse b. Sous le Second Empire, en tant que préfet de Paris, Haussmann entreprend la modernisation de la capitale : les ruelles tortueuses du Moyen Âge font place à de larges avenues, etc. Ces aménagements répondent à des préoccupations hygiénistes (circulation de l'air) mais aussi sécuritaires (éviter les barricades, permettre le transport de troupes).

2. Réponses a et b. Tout monument (mausolées...) ou pratiques (musique...) considérés comme contraire à la *Cha'ria* (loi islamique) ont été attaqués par le groupe islamiste Ansar Eddine.

3. Réponse a. Le centre historique de Venise étant très exigu (17 km^2), la majorité des visiteurs n'y passe pas une seule nuit : ils sont donc comptabilisés comme excursionnistes.

La gestion du patrimoine français : évolutions d'une politique publique

43

☐ OK

Le domaine d'intervention de l'État dans la gestion du patrimoine n'a cessé de s'accroître depuis le XIXe siècle. Celle-ci est aujourd'hui de plus en plus décentralisée et assurée par de nombreux acteurs.

I Naissance d'une politique patrimoniale

- C'est en 1830 que se met en place une politique publique du patrimoine avec la création de l'Inspection des monuments historiques. En 1887, les règles de conservation et les conditions de l'intervention de l'État sont posées mais elles ne concernent que des monuments publics. Ceux-ci sont élargis à 45 000 édifices religieux en 1905 avec la séparation des Églises et de l'État.

- La loi de 1913 étend les mesures de sauvegarde aux immeubles et mobiliers privés présentant un « intérêt public ». Leur classement sur la liste des Monuments historiques se fait avec ou sans l'accord des propriétaires.

> **Info**
> Le **bien classé à l'inventaire du patrimoine historique** ne peut faire l'objet de destruction, de restauration ni de modification sans l'accord de l'État.

II L'État, acteur majeur de la gestion du patrimoine

- André Malraux, ministre de la Culture de 1959 à 1969, débloque d'importants budgets pour restaurer des monuments en péril (Versailles, le Louvre, les Invalides, etc.). Alors que de nombreuses villes sont rénovées, les centres-villes historiques deviennent des secteurs sauvegardés par la loi de 1962. En 1964, une commission chargée de l'Inventaire général des monuments et richesses artistiques de la France voit le jour.

> **À savoir**
> Le **ministère de la Culture** est créé en France en 1959.

- Depuis les années 1980, l'État accompagne l'élargissement du patrimoine : les « Journées portes ouvertes des monuments historiques » sont créées en 1984 (Journées européennes du patrimoine à partir de 1991). Des Zones de protection du patrimoine architectural, urbain et paysager (ZPPAUP, 1993) élargissent les zones de protection au-delà des abords des monuments classés. Elles deviennent les Aires de valorisation de l'architecture et du patrimoine (AVAP) en 2010.

- En 2016, les **sites patrimoniaux remarquables** se substituent aux secteurs sauvegardés et aux AVAP : le patrimoine devient de plus en plus englobant. Le ministère de la Culture et le ministère de la Transition écologique et solidaire assurent conjointement la gestion du patrimoine culturel et naturel sur le territoire.

III Une gestion du patrimoine de plus en plus locale

- Avec les lois de décentralisation de 1983, les **collectivités territoriales** sont devenues des acteurs incontournables du patrimoine, outil de développement local au niveau culturel, touristique et social. Depuis 2011, les collectivités locales peuvent devenir propriétaires d'un site patrimonial appartenant jusque-là à l'État.
- Dans chaque **commune**, le plan local d'urbanisme (PLU) intègre la sauvegarde et la valorisation de l'architecture et du patrimoine. Les maires sont responsables de la réparation, de la restauration et de la mise en valeur du patrimoine immobilier communal, même religieux. Les communes peuvent demander à l'État l'obtention de labels comme celui de **Ville ou Pays d'art et d'histoire**.
- Depuis 2004, l'État a transféré aux **départements** les crédits de restauration des bâtiments patrimoniaux non classés tandis que les **régions** gèrent les bâtiments classés, souvent publics, en coopération avec le ministère de la Culture. Les régions ont aujourd'hui la mission de recenser et de transmettre un **inventaire général des patrimoines**, autrefois mission de l'État.

L'ESSENTIEL

La gestion du patrimoine français

1830 : Création de l'Inspection des monuments historiques

1913 : Extension aux immeubles et mobiliers privées présentant un intérêt public

1962 : Créations de secteurs sauvegardés

2004 : Transfert aux départements et aux régions de missions patrimoniales

La patrimonialisation du bassin minier du Nord-Pas-de-Calais

44

OK

Résultat d'une longue mobilisation, la patrimonialisation de ce site accompagne la reconversion économique de la région.

I L'inscription au patrimoine mondial de l'Unesco

1 Un paysage de l'ère industrielle

Le bassin minier du Nord-Pas-de-Calais est un territoire du nord de la France marqué par l'exploitation intensive de la houille (XVIIe siècle-fin du XXe siècle). Il se distingue par son patrimoine industriel : terrils, corons, chevalements. Lourdement touché par la Première Guerre mondiale, le bassin minier est en partie reconstruit dans les années 1920. Lorsque le dernier puit ferme en 1990, la volonté d'effacer les traces du passé domine. Mais dans les années 2000, l'intérêt du patrimoine matériel et naturel minier émerge.

Info

- Les **terrils** sont des collines artificielles construites par accumulation de résidu minier.
- Les **corons** sont des maisons en brique rouge mitoyennes destinées aux mineurs.
- Les **chevalements** servaient à descendre et remonter les mineurs et le minerai.

2 La procédure d'inscription

- À partir de 2002, à l'initiative de l'association Bassin Minier Uni, les spécialistes et les collectivités territoriales se mobilisent pour faire inscrire le bassin au patrimoine mondial de l'Unesco. L'État classe ou inscrit 69 vestiges aux monuments historiques en 2009 et 2010.
- Ayant contribué au processus d'industrialisation du pays, ayant abrité le métier de mineur, présent par-delà les frontières, le bassin minier est universel. Les cités minières ont conservé leur exceptionnelle intégrité architecturale. L'inscription est acceptée par l'Unesco le 30 juin 2012.

II Les apports d'un label prestigieux

1 Faire du bassin minier un territoire attractif

- Le bassin minier doit devenir une nouvelle destination touristique. Cinq « grands sites de mémoire » sont aménagés. L'inscription intervient au moment de l'ouverture du musée du Louvre-Lens.

La patrimonialisation du bassin minier a aussi pour but de changer les regards extérieurs et d'attirer les investisseurs, cadres et étudiants dans le Nord. Elle doit également agir sur la population du bassin, notamment sur la jeunesse, afin de lui redonner sa fierté de vivre dans une région économiquement en difficulté.

Mot clé

La **patrimonialisation** est le processus juridique, politique et socio-culturel par lequel un bien, un espace ou une pratique se transforme en objet du patrimoine digne d'être conservé.

2 Faire vivre un « paysage culturel, évolutif et vivant »

Le choix de l'Unesco est venu couronner une action d'aménagement du territoire du bassin entreprise depuis vingt ans : les terrils ont été transformés en lieux de pratique sportive ou de conservation de la biodiversité, les étangs sont devenus des bases de loisirs, les corons ont été rénovés, des fosses ont servi de décor de cinéma (*Germinal* de Claude Berry est tourné sur le site Arenberg à Wallers en 1993).

Sans être sanctuarisés, les grands sites de mémoire suivent une logique de reconversion post-industrielle. Ils se destinent à devenir des pôles économiques et culturels en accueillant des centres de formation, d'innovation et de recherche.

Le besoin d'expliquer les raisons de la distinction par l'Unesco, de sensibiliser sur la valeur universelle et exceptionnelle du bassin minier reste essentiel : les habitants du bassin en deviennent les ambassadeurs et endossent le rôle de citoyens vigilants sur les atteintes à leur patrimoine.

L'ESSENTIEL

- Aménagement de 5 « **grands sites de mémoire** »
- 2009-2010 : 69 vestiges classés ou inscrits aux **Monuments historiques**
- 30 juin 2012 : inscription à l'**Unesco**
- **Reconversion** des terrils, corons, fosses... :
  - loisirs et pratique sportive
  - conservation de la nature
  - formation, innovation, recherche

→ Patrimonalisation du bassin minier du Nord-Pas-de-Calais

Le patrimoine dans le rayonnement culturel et l'action diplomatique

45

☐ OK

La présence d'un riche patrimoine culturel sur son territoire participe au rayonnement culturel de la France dans le monde. L'inscription du « repas gastronomique des Français » au patrimoine immatériel mondial témoigne aussi de son action diplomatique pour renforcer son influence.

I Un élément du rayonnement culturel de la France

1 La France, puissance culturelle

- Le « rayonnement » de la France désigne son influence culturelle dans le monde. Le patrimoine est un des éléments de la culture française que les ambassades, l'Institut français et la fondation Alliance française diffusent à l'étranger.

Info

- Créé en 2011, l'**Institut français** est l'établissement public chargé de l'action culturelle extérieure de la France.
- Les **Alliances françaises**, implantées dans 137 pays, constituent le premier réseau culturel mondial, leur mission étant de diffuser la langue française.

- En grande partie grâce à un patrimoine riche et diversifié, la France s'affirme comme la première destination touristique mondiale (plus de 90 millions en 2019). La France abrite 49 biens classés au patrimoine mondial de l'Unesco, se plaçant au 4e rang mondial ▶ FICHE 36.

2 La gastronomie, un élément du patrimoine français et de son rayonnement

- La France est souvent présentée comme un modèle lorsqu'on parle des arts de la table, de la gastronomie, du raffinement ou de l'élégance. Le « savoir-vivre » français fait la renommée du pays dans le monde.
- Ce savoir-faire est né au XIXe siècle grâce à l'édition de guides de critiques culinaires. Il est aujourd'hui reconnu dans le monde entier grâce à l'ouverture de restaurants dirigés par de grands chefs français partout dans le monde.
- Pour 95 % des Français, la gastronomie fait partie de leur patrimoine et de leur identité. Lors des visites de chefs d'État étrangers, ce savoir-faire est mis en avant (diplomatie culinaire).

II Un enjeu de l'action diplomatique de la France

1 Le patrimoine, élément du *soft power*

- Le rayonnement de la France représente un moyen d'influence internationale, un des éléments clés du *soft power*. Dans le contexte de la mondialisation, d'une certaine uniformisation culturelle, la France s'emploie à promouvoir son patrimoine et son exception culturelle.
- Par le prêt d'œuvres ou de collections entières aux musées étrangers, par la construction d'antennes situés hors de France du Centre Pompidou (Malaga, 2015 ; Shanghai, 2019 ; Bruxelles, 2023), du musée Rodin ou du Louvre (Abu Dhabi, 2017), le patrimoine est devenu un instrument du rayonnement français.
- La promotion de l'art culinaire français est un des éléments du *soft power*. On parle de gastro-diplomatie.

2 Le repas gastronomique français, objet diplomatique

- En 2006, l'Institut européen d'histoire et des cultures de l'alimentation (IEHCA) demande une reconnaissance du patrimoine alimentaire français à l'Unesco, terme déformé par la presse et les politiques en « patrimoine gastronomique ». Or l'Unesco vise à valoriser les cultures populaires et à favoriser le dialogue interculturel et non des pratiques élitistes propres à un pays.
- La Mission française du patrimoine et des cultures alimentaires (MFPCA) porte le dossier de candidature à partir de 2008. Le projet est modifié afin de répondre aux critères d'universalité de l'Unesco qui classe, en 2010, le « repas gastronomique des Français en tant que pratique sociale coutumière destinée à célébrer les moments les plus importants de la vie des individus et des groupes ».

L'ESSENTIEL

La France, puissance culturelle →
- **attractivité touristique** : 1re destination mondiale, avec 45 sites classés au patrimoine mondial…
- **rayonnement** : Alliance française, Institut français, ambassades…

La gastronomie française →
- **symbole** de l'identité française
- 2010 : l'**Unesco** reconnaît l'aspect patrimonial du repas gastronomique français
- 2011 : **campagne de communication** officielle dont l'Unesco regrette l'aspect mercantile

La France et le patrimoine

1 L'évolution d'une politique publique

FICHE 43

1. Que recouvre aujourd'hui la notion de patrimoine ?

☐ a. monuments historiques
☐ b. rites, traditions et paysages
☐ c. vestiges des activités industrielles et agricoles

2. Qui est responsable de l'inventaire général des patrimoines ?

☐ a. l'État ☐ b. les régions ☐ c. les départements

2 Le bassin minier du Nord-Pas-de-Calais

FICHE 44

1. Parmi ces affirmations, lesquelles sont vraies ?

☐ a. Ce bassin minier est classé par l'Unesco en 2002.

☐ b. Les terrils sont des collines construites par accumulation de résidu miniers.

☐ c. La patrimonialisation du bassin minier participe à la reconversion économique de la région.

2. Selon quelle terminologie le bassin minier du Nord-Pas-de-Calais est-il classé par l'Unesco ?

☐ a. « Paysage culturel évolutif et vivant »
☐ b. « Patrimoine matériel industriel »

3 Le rayonnement culturel français

FICHES 45

1. Quel musée a vendu sa « marque » aux Émirats arabes unis ?

☐ a. le musée Rodin ☐ b. le Louvre
☐ c. le centre Georges Pompidou

2. Pourquoi l'Unesco n'a-t-elle pas classé la gastronomie française au patrimoine immatériel de l'humanité ?

☐ a. La gastronomie est trop élitiste et limitée à un seul pays.
☐ b. La gastronomie ne correspond pas à une pratique sociale.
☐ c. Le projet était porté par la campagne « So French, So Good ».

CORRIGÉS

1 L'évolution d'une politique publique

1. **Réponses a, b et c.** Depuis les années 1970, la notion de patrimoine s'est élargie : de la protection des monuments historiques, on est passé à la protection du patrimoine rural, industriel, urbain, pour aller jusqu'à englober plus récemment des traditions, rites et paysages.

2. **Réponse b.** Depuis 2004, l'État a transféré aux régions la mission d'inventaire général : recensement, étude et transmission des patrimoines historiques, scientifiques, culturels et immatériels.

2 Le bassin minier du Nord-Pas-de-Calais

1. **Réponses b et c.** C'est en 2012 que le bassin minier a été classé au patrimoine immatériel de l'Unesco. Il a fallu dix ans pour monter le dossier de candidature.

2. **Réponse a.** C'est pour ses paysages particuliers que le bassin minier a été classé.

Chiffres clés

C'est 4 000 hectares du bassin minier, paysages abritant 353 biens remarquables, soit **25 % du patrimoine minier mondial** qui ont été classés au patrimoine culturel de l'Unesco.

3 Le rayonnement culturel français

1. **Réponse b.** Le Louvre Abu Dhabi n'est pas une antenne temporaire du Louvre mais un musée à part entière issu d'un partenariat international.

2. **Réponses a et c.** La gastronomie ne correspond pas à une pratique culturelle mais à un savoir-faire très technique, codifié et élitiste. C'est pourquoi l'Unesco a classé le « repas gastronomique des Français », et non pas la gastronomie en tant que telle, au patrimoine immatériel de l'humanité.

Le patrimoine

1

En quelle année a été créée l'Inspection des monuments historiques en France ?

▶ FICHE 43

2

Qui est nommé ministre en charge des Affaires culturelles en France en 1959 ?

▶ FICHE 43

3

Qu'est-ce que l'Unesco ?

▶ FICHE 36

4

Quels ont été les différents usages de Versailles depuis le XIXe siècle ?

▶ FICHE 37

5

Quels éléments du patrimoine malien ont été détruits en 2012 ?

▶ FICHE 40

6

Qu'est-ce que le *soft power* ?

▶ FICHE 45

7

Un bien inscrit à l'inventaire des monuments historiques peut-il être détruit ?

▶ FICHE 43

8

Quels sont les relais du rayonnement du patrimoine français dans le monde ?

▶ FICHE 45

RÉPONSES

Pour mieux ancrer les connaissancese, découpez les cartes et jouez avec !

2

En 1959, **André Malraux** est nommé **ministre d'État chargé des Affaires culturelles**, fonction qu'il occupera jusqu'en 1969. C'est la première fois qu'un ministre est chargé de la culture.

1

En **1830**, la monarchie de Juillet crée l'**Inspection générale des monuments historiques** pour écrire un « roman national », initiant une véritable politique publique patrimoniale.

4

Le **château de Versailles** est un musée depuis la monarchie de Juillet, tout en restant un **lieu de représentation du pouvoir** qui accueille depuis 1871 les parlementaires réunis en **Congrès**.

3

Unesco : institution de l'ONU créée en 1945, dont la mission est de **défendre l'éducation, la science et la culture**. Son siège est à Paris.

6

- ***Soft power* : puissance culturelle**, rayonnement international d'un pays.
- ***Hard power* : puissance militaire** d'un pays.

5

En 2012 au **Mali**, des mouvements islamistes détruisent des mausolées classés au patrimoine mondial, parce qu'ils sont source de pratiques cultuelles qu'ils pensent contraires à l'islam.

8

Le **rayonnement culturel** est assuré par : l'**Institut français**, les **ambassades**, les **Alliances françaises**, la **communauté française** à l'étranger mais aussi l'action des musées (**prêts d'œuvres**...).

7

Un **bien inscrit à l'inventaire** des monuments historiques **ne peut pas être détruit** car il doit être transmis aux générations futures et toute restauration doit être soumise à une autorisation publique.

L'« environnement » : construction historique, sociale et politique

48

☐ OK

Le mot environnement apparaît en français au XIIIe siècle. Il signifie alors « ce qui entoure ». Ce n'est qu'au XIXe siècle qu'il désigne le milieu dans lequel un individu ou une espèce vivent.

I Un espace à maîtriser et des menaces à combattre

- Avec l'apparition de l'agriculture naît la distinction entre l'environnement, espace connu, habité et cultivé, et la nature sauvage. Les Romains opposent le monde anthropisé, l'*ager* (cultivé) et l'*urbs* (ville), au *saltus*, l'espace sauvage livré aux bêtes.

Mot clé

Du grec *anthropos* (l'homme), un espace **anthropisé** est un espace modifié par l'action de l'Homme.

- Inexistante dans certaines civilisations comme celles des anciens Germains ou au Japon, cette opposition s'impose néanmoins.
- Des hommes d'Église tels que saint François d'Assise (v. 1182-1226) voient dans la nature l'œuvre de Dieu. Mais la plupart considèrent qu'au-delà de l'*ager* s'étend le monde des bêtes et du démon. Image du jardin d'Éden, le jardin, notamment celui des monastères, remet en cause cette dichotomie. Mais il s'agit là d'une nature domestiquée par l'Homme.

II Un nouveau regard sur l'environnement

1 Le rôle du rousseauisme et du romantisme

- Le jardin à l'anglaise et sa « nature sauvage » artificiellement recréée apparaît dans les années 1740 et rompt avec les allées géométriques du jardin à la française. Jean-Jacques Rousseau (1712-1778) contribue aussi à modifier le regard porté sur la nature sauvage. Anciennement répulsive, elle devient lieu de beauté et de méditation. Au XIXe siècle, les peintres romantiques Caspar Friedrich ou William Turner expriment cette fascination pour la puissance de la nature.

2 La révolution industrielle

- La révolution industrielle ▶ FICHE 51, ses fumées d'usines et l'étalement des faubourgs ouvriers miséreux bouleversent l'environnement urbain. Certains pensent alors qu'il convient de préserver certains espaces naturels ▶ FICHE 55.

- Une nouvelle science, l'écologie (mot inventé en 1866 par le biologiste E. Haeckel), étudie les interactions entre les espèces, y compris l'Homme, et leur milieu.

III L'affirmation d'une pensée environnementale

1 Le tournant des années 1960-1970

- À partir des années 1950, l'emprise humaine s'étend quasiment à la planète entière.
- En 1972, le rapport Meadows, intitulé *Les Limites de la croissance*, a un retentissement mondial. Rédigé par des chercheurs du MIT (Massachusetts Institute of Technology), il affirme que dans un monde aux ressources finies, la croissance économique ne peut être infinie.

2 L'affirmation des préoccupations environnementales

- Dans les années 1970, des ONG comme le WWF ou Greenpeace popularisent le thème de l'environnement. En Allemagne ou en France, des militants s'en emparent pour créer l'« écologie politique ».
- Le rapport de la commission des Nations unies sur l'environnement et le développement, dit rapport Brundtland (1987), insiste sur la notion de développement durable.

Mot clé

Le **développement durable** est censé assurer une croissance économique reposant sur une gestion durable des ressources naturelles et permettant de réduire les inégalités.

- L'environnement est désormais omniprésent dans les discours médiatiques ou politiques. Pourtant, la destruction des écosystèmes s'accélère.

L'ESSENTIEL

La conception de l'environnement

1224	1761	1866	1987
François d'Assise, *Cantique des créatures*	Rousseau, *La Nouvelle Héloïse*	Invention du terme « écologie »	Rapport Brundtland

Un regard sur l'histoire de l'environnement

49

☐ OK

L'Homme, comme tous les animaux, interagit avec son environnement. Si l'action de l'Homme sur l'environnement a longtemps été limitée, elle s'étend aujourd'hui à la planète entière.

I L'interaction Homme-environnement

1 Une première rupture : l'apparition de l'agriculture

Aux temps préhistoriques des chasseurs-cueilleurs, les prélèvements réalisés sur l'environnement restent faibles. Avec l'apparition de l'agriculture vers – 9000, les premiers défrichements transforment une partie des forêts en champs et en prés.

Mot clé

Le **défrichement** est la mise en culture d'un terrain boisé ou d'une friche.

2 La lente progression de l'emprise humaine

- Malgré des densités fort variables selon les régions du monde, l'humanité croît lentement à partir du Néolithique ▶ FICHE 51.
- En Europe, au début de notre ère, la forêt a largement reculé mais avance à nouveau à partir du Ve siècle. Lors de l'essor démographique des XIe-XIIe siècles, elle recule à nouveau devant les essartages.
- Après la dépression du XIVe siècle, la population croît par à-coups. Vers 1800, la France compte environ 28 millions d'habitants et la forêt ne représente plus que 15 % du territoire ▶ FICHE 50.

II Environnement et civilisation industrielle

1 Une rupture essentielle : les années 1950

- Au XIXe siècle, les conséquences environnementales de la révolution industrielle concernent l'Occident mais restent limitées ailleurs.
- L'exploitation de la planète s'accélère après 1945, en raison de la croissance économique, très coûteuse en ressources naturelles, et de l'explosion démographique.

Chiffres clés

La population mondiale ne cesse d'augmenter : 2,5 milliards d'humains en 1950, 4,3 en 1980, **7,7 milliards en 2019.**

2 La dégradation rapide de l'environnement

- Toutes les études scientifiques constatent la dégradation catastrophique de l'environnement. Le rapport de l'ONU sur la biodiversité (mai 2019) évalue à 75 % les terres altérées par l'activité humaine.

- La biosphère est dégradée dans son ensemble : pollution des sols et des océans, destruction des écosystèmes (1 million d'espèces seraient menacées) due à la déforestation, aux activités extractives, au réchauffement climatique.

Mot clé

L'**écosystème** est l'ensemble des êtres vivants (biocénose) vivant dans un milieu physique et chimique donné (biotope).

III Préserver l'environnement : une nécessité vitale pour l'humanité

1 L'environnement : un capital naturel

- L'environnement rend à l'Homme un certain nombre de services indispensables à sa survie. Outre des biens (eau, aliments, énergie, matières premières), la nature contribue à purifier l'air et les eaux, à réguler le climat, à préserver les ressources génétiques végétales et animales.

2 Les éventuelles solutions

- Après le sommet de la Terre de Rio (1992), la communauté internationale s'engage pour la protection de l'environnement. Mais de nombreux États, dont les États-Unis et les pays émergents, rechignent à accepter des règlements contraignants ▶ FICHE 53.

- Les aires protégées représentent aujourd'hui 17 % de la surface terrestre et 10 % des océans. Mais, parfois créées contre des populations locales (peuple ik en Ouganda), elles semblent impuissantes à freiner la destruction de la biodiversité.

L'ESSENTIEL

La dégradation de l'environnement

Causes
- XIXe s. : révolution industrielle
  → forte croissance économique
- XXe-XXIe s. : explosion démographique
  → 7,7 milliards d'humains en 2019

Conséquences
- déforestation
- épuisement des sols
- pollution des sols et des océans
- changement climatique

Exploiter et protéger une ressource « naturelle » : la forêt française

50

☐ OK

En France, l'anthropisation précoce du territoire explique que la forêt soit d'origine humaine. Celle-ci, au moins depuis l'Ancien Régime, a fait l'objet d'un intérêt encore renforcé par notre époque.

I La forêt française sous l'Ancien Régime

1 L'ordonnance de Colbert sur les Eaux et Forêts (1669)

- La forêt, réserve de chasse et de bois – premier matériau et première source d'énergie – intéresse très tôt les rois. Le corps des maîtres des Eaux et Forêts est créé dès 1291.
- L'ordonnance de Colbert constitue une étape décisive. Dans un contexte de rivalité avec les Provinces-Unies, elle vise à accroître les ressources en bois d'œuvre pour la marine, en particulier les futaies de chênes.
- Colbert étend les mesures de protection et de gestion des forêts du domaine royal (1 million d'hectares) aux forêts seigneuriales.

Mini bio

Jean-Baptiste Colbert (1619- 1683) est l'un des principaux ministres de Louis XIV. Il occupe les fonctions de contrôleur général des Finances, de secrétaire d'État à la Marine et à la Maison du Roi.

2 Une difficile application

- Même si les « délits de bois » (coupes illégales, pacages non autorisés) sont sévèrement punis, l'État peine à protéger les forêts en raison de l'opposition des propriétaires privés et des communautés villageoises défendant leurs droits d'usage.
- Les difficultés financières de la monarchie poussent les successeurs de Colbert à aliéner une bonne partie des forêts royales.
- La Révolution française détruit les juridictions des Eaux et Forêts. Les forêts, tant royales que seigneuriales, sont alors ravagées. Comme l'écrit l'historien Jules Michelet, « les arbres furent sacrifiés aux moindres usages ».

Mot clé

Les **droits d'usage** désignent l'ensemble des droits attribués à une communauté villageoise sur les forêts seigneuriales ou royales (ramassage du petit bois, pacage des troupeaux et des porcs…).

II La lente reconstitution du tissu forestier français

- Vers 1800, la forêt française ne couvre plus que 8 millions d'hectares (15 % du territoire). Le Code forestier de 1827 impose des mesures drastiques de protection, non sans provoquer des troubles (« guerre des demoiselles » en Ariège). Mais il faut attendre 1860, alors que l'exode rural diminue la pression démographique sur les campagnes, pour que soit votée une loi sur le reboisement.
- Le Fonds forestier national (FFN), créé en 1946, contribue à l'essor des forêts publiques (domaniale et communale) et privées. Le reboisement coûte cher et sa rentabilité est aléatoire. Le FFN appuie donc les propriétaires privés (délivrance gratuite de plants, aides financières).
- Le tissu forestier (9,9 millions d'hectares en 1900) couvre aujourd'hui 16,9 millions d'hectares, soit 31 % du territoire métropolitain.

III Un patrimoine à protéger, à gérer et à exploiter

- Créé en 1965, l'Office national des forêts (ONF) gère les forêts publiques (25 % de la superficie forestière). Si celles-ci sont plutôt bien entretenues, ce n'est pas le cas de toutes les forêts privées.
- La forêt est inégalement répartie. Les Landes sont très boisées (plus de 60 % du département), la Manche l'est très peu (moins de 10 %). Les disparités sont aussi qualitatives. La futaie ne représente qu'environ 50 % de l'espace forestier.
- Avec l'urbanisation – 85 % des Français vivent en ville – la forêt est désormais vue comme un lieu de liberté et de paix face à la ville, parfois perçue comme aliénante.
- Espace de détente, instrument de lutte contre l'érosion et de régulation des ressources en eau, elle est aussi un patrimoine économique utilisé par la sylviculture.

Mot clé

La **sylviculture** est l'activité qui exploite et assure le renouvellement des forêts.

L'ESSENTIEL

Exploitation et protection des forêts françaises

1669	1827	1860	1965
Ordonnance de Colbert sur les Eaux et Forêts	Code forestier	Loi sur le reboisement	Création de l'Office national des forêts

« Révolution néolithique » et « révolution industrielle »

51

☐ OK

L'ampleur des ravages actuels sur l'environnement accrédite l'idée que ceux-ci débutent avec la révolution industrielle. En fait, la révolution néolithique constitue déjà une rupture majeure dans le rapport entre l'Homme et son milieu.

I La révolution néolithique : une révolution technique, économique et démographique

1 Le Néolithique et la révolution agricole

- Le Néolithique est la période finale de la Préhistoire. Il débute avec l'apparition de l'agriculture vers – 9000 et prend fin avec l'âge du bronze (– 1700). L'agriculture apparaît d'abord dans le Croissant fertile et dans le nord de la Chine, près de Beijing.

> **Mot clé**
> Le **Croissant fertile** est la région du Proche-Orient qui s'étend du nord de l'Égypte au sud de la Turquie actuelle.

- Cette nouvelle activité contribue à la sédentarisation de la majorité des populations humaines et à l'apparition des premières villes (Jéricho, Çatal Höyük).

2 Une première rupture démographique

- La néolithisation se développe à des rythmes différents selon les régions. Mais elle entraîne partout une augmentation rapide la population mondiale.
- Évaluée à 10 millions d'individus vers – 10000, la population humaine atteint 100 millions de personnes vers – 1700.

> **Mot clé**
> La **néolithisation** désigne le processus d'extension progressive de l'agriculture et de la sédentarisation à la plupart des régions du monde.

3 Les conséquences environnementales de la néolithisation

- Avec l'agriculture, l'emprise humaine sur le milieu naturel croît considérablement. L'extension des champs cultivés et l'augmentation de la population aiguisent la compétition entre l'Homme et la faune.
- Cela provoque un premier déclin de la biodiversité : en Europe, l'auroch sauvage ou le pika sarde, sorte de lapin sans queue, disparaissent peu à peu ; l'Homme entame sa lutte contre les grands prédateurs comme l'ours ou le loup.

II La révolution industrielle : une exploitation sans précédent des ressources naturelles

1 Une révolution économique et sociale

- La révolution industrielle débute en Grande-Bretagne, à la fin du XVIIIe siècle, et s'étend au cours du XIXe siècle à la quasi-totalité de l'Europe, à l'Amérique du Nord, au Japon.
- Alors que, depuis le Néolithique, les hommes étaient généralement paysans, l'exode rural fait de la plupart des hommes des urbains.

2 L'explosion démographique de l'humanité

- L'industrialisation de l'agriculture, en particulier l'usage d'engrais phosphatés dès le XIXe siècle, aboutit à l'essor très rapide de la population mondiale. Celle-ci passe d'un milliard d'individus en 1800 à 2,5 milliards en 1950.
- Mais la population mondiale explose véritablement après 1950. Elle atteint aujourd'hui 8 milliards de personnes et continue à croître, renforçant d'autant les besoins agricoles et l'exploitation des milieux naturels.

3 Les conséquences environnementales

- Le modèle économique de la révolution industrielle, vorace en matières premières et en espace, ainsi que l'explosion démographique aboutissent à une exploitation inédite du milieu naturel.
- Face à l'ampleur des destructions environnementales, les pouvoirs publics semblent parfois impuissants. Certains voient donc dans les individus et dans la société civile la solution éventuelle pour changer nos modes de vie.

L'ESSENTIEL

La révolution néolithique →
- apparition de l'**agriculture** vers – 9000
- **sédentarisation** et premières **villes**
- augmentation démographique (cap des **100 millions d'humains** vers – 1700)

La révolution industrielle →
- invention et perfectionnement de la **machine à vapeur** à partir du XVIIIe s.
- **exode rural** et **urbanisation**
- augmentation démographique (cap du **milliard d'humains** en 1800)

L'évolution du climat en Europe du Moyen Âge au XIXe siècle

52

☐ OK

Même si l'origine anthropique du réchauffement climatique actuel est globalement admise, force est de constater que le climat européen connaît de nombreuses variations depuis les temps les plus anciens.

I Les variations du climat européen (Xe-XIXe s.)

1 L'optimum médiéval des VIIIe-XIIe siècles

- La dernière glaciation, celle de Würm, prend fin il y a environ 12 000 ans. Le climat européen continue cependant à connaître des variations par la suite.
- Après une période chaude lors de l'Antiquité, l'extension des glaciers alpins entre 400 et 750 ap. J.-C. témoigne du retour d'une période froide.
- Un optimum climatique médiéval est à l'inverse observé du XIe au début du XIVe siècle.

Mot clé

En climatologie, l'**optimum climatique** désigne une période chaude entre deux périodes plus fraîches.

2 Le « Petit Âge glaciaire » : XIIe siècle-années 1850

- Si l'existence d'un refroidissement – de l'ordre d'1 °C – fait l'objet d'un large consensus scientifique, le début du Petit Âge glaciaire fait toujours l'objet de débats. Certains historiens du climat comme Emmanuel Le Roy Ladurie le situent vers 1150-1200, d'autres plutôt au début du XIVe siècle.
- Cet épisode froid, surtout marqué par des « étés pourris », c'est-à-dire frais et pluvieux aux conséquences catastrophiques sur les moissons, et quelques hivers exceptionnellement froids comme celui de 1709, culmine au début et à la fin du XVIIe siècle et encore en 1816.

II Des variations aux conséquences multiples

- Il est possible que l'optimum climatique médiéval, en favorisant l'agriculture, ait contribué à la reprise démographique de l'Europe occidentale à partir de l'an mil. Il explique peut-être aussi la colonisation norvégienne de l'Islande et du Groenland en raison des meilleures conditions de navigation dans l'Atlantique nord.

- Après le « beau XIIIe siècle », le retour du froid est contemporain du retour des famines au début du XIVe siècle.
- De même, les épisodes frais et pluvieux de la fin du XVIIe siècle sont à l'origine de terribles famines. Dans la France de Louis XIV, 2 millions de personnes périssent ainsi de la faim en 1693-1694.
- La succession de mauvaises années est aussi sans doute une des causes du mécontentement paysan en 1789 (Grande Peur).

III Des effets difficiles à mesurer

1 Des zones d'ombre qui demeurent

- Comme le montrent les doutes quant aux dates de l'optimum médiéval, nos connaissances sur le passé climatique demeurent en partie sujettes à caution.
- S'il est vraisemblable que les conditions climatiques influent sur l'activité humaine, leurs conséquences ne sont jamais mécaniques et les causes d'un phénomène sont toujours multiples.

2 Se garder de toute conclusion hâtive

- Si l'extension des glaciers alpins, au XIIIe siècle, témoigne d'un refroidissement, la population européenne n'en atteint pas moins son premier apogée.
- Le refroidissement climatique médiéval est *a priori* antérieur au retour de la famine. D'autres raisons peuvent expliquer celle-ci : dans le monde plein du XIIIe siècle, il n'est plus possible, faute de mécanisation, de répondre à une demande alimentaire en hausse.
- Si le refroidissement climatique de la fin du XVIIe siècle est observable dans toute l'Europe, il n'eut pas, notamment en Flandre, les mêmes conséquences qu'en France en raison des techniques agricoles plus avancées de cette région.

L'ESSENTIEL

L'évolution du climat en Europe

– 12 000	Xe – XIIIe s.	XIVe – XIXe s.	XXe – XXIe s.
Dernière glaciation (Würm)	Optimum climatique médiéval	« Petit Âge glaciaire »	Réchauffement climatique

Le climat, enjeu des relations internationales

53

☐ OK

La question du climat apparaît dans le débat public dans les années 1980. Depuis le sommet de Rio (1992), la plupart des États admettent la réalité du changement climatique mais s'opposent sur les éventuelles mesures.

I L'urgence climatique

1 Le changement climatique : une réalité observable

- La température moyenne de la Terre s'élève depuis la révolution industrielle ▶ FICHE 51. Le processus s'accélère et le climat devrait augmenter de 1 à 5 °C d'ici 2100.
- L'origine anthropique du réchauffement est désormais admise par toute la communauté scientifique. En cause, les rejets dans l'atmosphère de gaz à effet de serre, le CO_2 lié aux énergies fossiles (pétrole, charbon, gaz naturel), le méthane (CH_4) issu de l'élevage, en particulier bovin, et la déforestation.

Mot clé

L'**effet de serre** est un phénomène naturel de réflexion thermique qui contribue à rendre la Terre habitable en la réchauffant.

2 L'impact du changement climatique

- La montée des eaux (20 cm depuis 1900) menace de nombreux États insulaires du Pacifique comme Tuvalu. En asséchant aussi certaines régions, le changement climatique pourrait aussi contribuer à d'importantes migrations, sources de tensions géopolitiques.
- Les accidents météorologiques (cyclones, inondations, sécheresses) sont plus fréquents. L'ampleur des incendies en Amazonie et en Sibérie en 2019, en Australie en 2019-2020 ou en France à l'été 2022, est sans doute en partie liée au climat.

II Le rôle essentiel de l'ONU

1 Un moment fondateur : la création du GIEC

- Créé en 1988 à l'initiative du météorologue suédois Bert Bolin, le GIEC (Groupe d'experts intergouvernemental sur l'évolution du climat) est un organe de l'Organisation des Nations unies regroupant les chercheurs de 195 pays.

- Le GIEC a pour mission d'étudier le changement climatique et ses conséquences. Il publie un rapport tous les cinq ans.

2 Les accords internationaux sur le climat

- Au sommet de la Terre organisé à Rio en 1992 par la CNUED (Conférence des Nations unies sur l'environnement et le développement), le premier rapport du GIEC sert de base à la création, en 1995, de la *Conference of the Parties* (COP).

> **Info**
>
> *The **Conference of the Parties*** (COP) désigne la commission des États signataires (les parties) de la Convention sur le changement climatique. Elle se réunit chaque année.

- En 1997, la COP3 débouche sur le protocole de Kyoto. C'est le premier engagement chiffré de réduction des émissions de gaz à effet de serre.
- La conférence de Paris sur le climat (COP21, 2015) se termine sur un accord international visant à limiter à 2 °C le réchauffement climatique par rapport à l'ère pré-industrielle.

III Le climat au cœur des tensions géopolitiques

- Les « Suds » s'opposent à tout accord contraignant, y voyant une condamnation de leurs modèles démographiques ou économiques. La plupart de ces États affirment leur droit au développement, considérant que la situation actuelle est de la responsabilité des pays riches.
- De grandes puissances, notamment les deux premiers émetteurs de gaz à effet de serre, la Chine et les États-Unis ▶ FICHE 56, mais aussi l'Inde ou le Brésil, soucieux de leur indépendance, sont également réticentes à tout accord contraignant.
- Le changement climatique est enfin à l'origine de nouvelles rivalités géopolitiques, comme en Arctique où les pays riverains sont avides d'exploiter les espaces libérés par la fonte de la banquise.

L'ESSENTIEL

La politique climatique

1988	1992	1997	2015-2016
Création du GIEC	Sommet de la Terre de Rio	Protocole de Kyoto	COP 21 → accord de Paris sur le climat

L'environnement aux États-Unis : le rôle de l'État fédéral

54

☐ OK

Un États-unien pollue 30 % de plus qu'un Européen. Les États-Unis furent pourtant parmi les premiers à se soucier d'environnement. La volonté de protéger la nature a néanmoins toujours dû composer avec la contrainte de l'exploitation économique.

I La nature, lieu de l'identité états-unienne

- Sous l'influence du romantisme européen, la sensibilité environnementale apparaît aux États-Unis au début du XIXe siècle avec des peintres comme George Catlin.
- La nature américaine inspire le premier courant philosophique états-unien, le transcendantalisme de Ralph Waldo Emerson et Henry David Thoreau. Pour ces philosophes, la nature américaine, grandiose et immense, est le trésor qui distingue les États-Unis de l'Europe.
- La *Wilderness*, c'est la nature sauvage, vierge de toute influence humaine. Patrimoine à préserver pour les uns, elle est aussi pour le pionnier le lieu d'un accomplissement où, à force de courage et de travail, il « civilise » la nature. Lieu de l'identité américaine, la *Wilderness* est popularisée par les *westerns*, tels ceux de John Ford magnifiant les paysages magnifiques de Monument Valley.

II Préservationnisme ou conservationnisme

1 Deux notions contradictoires

- Le préservationnisme, dont l'Écossais John Muir (1838-1914) fut un des pionniers, postule que la nature a une valeur intrinsèque et doit être protégée de l'Homme.
- Le conservationnisme estime aussi qu'il faut protéger la nature, non pour sa valeur esthétique ou morale, mais parce qu'elle constitue un réservoir de ressources à gérer rationnellement. Gifford Pinchot est le principal défenseur de cette vision utilitariste.

Mini bio

Après des études à l'école des Eaux et Forêts de Nancy, **Gifford Pinchot** (1865-1946) joue un rôle majeur dans la protection des forêts des États-Unis. Ami du président Theodore Roosevelt, il devient en 1905 le premier directeur du Service fédéral des Forêts.

2 Le rôle central de l'État fédéral

- Deux lois fédérales sont à l'origine du **premier parc naturel** de l'histoire dans la vallée de Yosemite en Californie (1864) et du **premier parc national**, le Yellowstone (1872). En 1903, le président Theodore Roosevelt crée l'Arctic National Wildlife Refuge en Alaska.
- Les années 1960-1970 sont marquées par de multiples lois environnementales. Votée en 1970, la **loi nationale sur l'environnement** impose pour tout projet d'aménagement une étude préalable sur l'impact écologique.

III Une mise en valeur peu respectueuse de l'environnement

1 Transformer la nature pour mieux l'exploiter

La mise en valeur du territoire états-unien fut et demeure peu respectueuse de l'environnement. Ainsi, l'exploitation agricole des Grandes Plaines s'est traduite par une **destruction des sols**. Dans le domaine minier, la plupart des exploitations se font **à ciel ouvert**.

2 Les menaces accrues contre l'environnement

- La pression sur la *Wilderness* est de plus en plus en forte. L'exploitation des **gaz de schiste**, en plein essor, est écologiquement catastrophique. La croissance urbaine menace des espaces protégés (parc naturel des Everglades en Floride).
- Méprisant les questions écologiques, le président Trump (2016-2020) s'est retiré de l'Accord de Paris ▶ FICHE 53 et a autorisé les forages pétroliers et gaziers dans des zones protégées.

L'ESSENTIEL

L'environnement aux États-Unis

Préserver ou conserver ?
- **préservationnisme** : protéger la nature pour sa valeur esthétique et morale (J. Muir)
- **conservationnisme** : protéger la nature pour gérer les ressources (G. Pinchot)

Le rôle central de l'État fédéral
- **1864** : premier parc naturel à Yosemite
- **1972** : premier parc national à Yellowstone
- **1903** : Arctic National Wildlife Refuge en Alaska
- **1970** : loi nationale sur l'environnement

L'environnement aux États-Unis : le rôle des États fédérés

55

☐ OK

À côté de l'État fédéral, certains États fédérés se sont montrés sensibles aux questions environnementales, n'hésitant pas, parfois dès le XIXe siècle, à prendre des initiatives en ce sens.

I L'action des États fédérés

1 Les États fédérés, relais de l'action fédérale

- Dès le XIXe siècle, la préservation de l'environnement relève souvent de l'action conjointe de l'État fédéral et des États fédérés. Créé par une loi fédérale, le parc de Yosemite doit beaucoup à des initiatives locales, et à celle de John Muir.
- La loi Littoral de 1972 a pour objet de protéger les littoraux. Son application dépend des États, la Californie étant un des plus impliqués.

Mini bio

John Muir (1839-1914) est un naturaliste américain d'origine écossaise. Explorateur et écrivain, il est un des premiers défenseurs de la nature. Il contribue à l'éveil de la sensibilité environnementale aux États-Unis.

2 Les États fédérés : des acteurs autonomes

- Certaines des grandes réalisations environnementales de ces dernières années relèvent de la seule initiative des États. Ainsi, le Rhode Island lance, dans les années 1980, un programme de restauration des zones naturelles dégradées et développe un réseau de sentiers côtiers.
- L'action des États peut également être relayée par les villes. C'est à l'initiative de la ville de New York que Frederick Law Olmsted réalise Central Park en 1858.

II Protéger ou exploiter la nature ?

1 Le primat du développement économique

- Confrontés à l'alternative entre protection et exploitation, les États, comme l'État fédéral, privilégient souvent la logique économique.
- Le Dakota du Nord possède une des principales réserves d'huile de schiste. Même si la fracturation hydraulique utilisée pour exploiter ces

gisements pollue les nappes phréatiques et les champs, l'État a favorisé la **multiplication des forages**.

2 Des priorités parfois contraires à l'environnement

Touchés par la pollution, fermiers et Amérindiens s'opposent aux gaz et pétroles de schiste. Pour l'heure, leurs démarches auprès des autorités n'ont suscité qu'une indifférence teintée d'hostilité.

III Une capacité d'action réelle mais limitée

1 Des États soumis à des injonctions contradictoires : l'exemple du Montana

- Le Montana, surnommé *The Big Sky State*, est célèbre pour ses paysages grandioses. L'État, un des plus pauvres des États-Unis, voit arriver chaque année des **populations à hauts revenus à la recherche de « nature »**. Les autorités locales encouragent le mouvement.
- Les villas construites au bord des cours d'eau ou des lacs contribuent pourtant à **transformer les paysages naturels**, et l'**augmentation du coût du foncier** marginalise les populations locales.

2 Les limites de l'action environnementale des États

- Ancien État minier, le Montana a des sols très pollués, notamment par le mercure. Selon le principe du « **pollueur-payeur** », les entreprises responsables devraient supporter le coût de la dépollution mais échappent souvent aux poursuites en se déclarant en faillite.
- Plusieurs États s'opposent à Donald Trump lors de la sortie de l'Accord de Paris ▶ FICHES 53 ET 54, mais il faut attendre la décision de Joe Biden (janvier 2021) pour que les États-Unis y reviennent.

L'ESSENTIEL

Le rôle des États fédérés dans la protection de l'environnement

- **1858** : création de **Central Park** à l'initiative de la ville de New York
- **Années 1980** : l'État du Rhode Island lance un programme de **restauration des zones littorales dégradées**
- **2016** : l'État de Californie s'engage à **appliquer l'accord de Paris** malgré le retrait des États-Unis

Les États-Unis et l'environnement à l'échelle internationale

56

☐ OK

En 1992, le président George H. W. Bush déclare que « le mode de vie des Américains n'est pas négociable ». De fait, en matière d'environnement, comme dans d'autres sujets, les États-Unis sont d'ordinaire peu enclins à accepter des contraintes internationales.

I Un partenaire international peu commode

1 Une politique d'obstruction déjà ancienne

- Le mode de vie états-unien repose sur un niveau de **gaspillage** sans équivalent au sein de l'OCDE. Alors que les États-Unis ne représentent que 4 % de la population mondiale, ils rejettent **14 % des émissions mondiales de CO_2**, soit presque autant que la Chine quatre fois plus peuplée.
- Les présidents des États-Unis, hormis quelques exceptions, refusent d'envisager un changement de mode de vie. Ainsi, le **protocole de Kyoto** est bien signé par Bill Clinton en 1997 mais George W. Bush refuse de l'appliquer ▶ FICHE 53.

> **Info**
> Lors du sommet de Copenhague sur le climat (COP15) en 2009, l'**opposition entre les États-Unis et la Chine** avait empêché la signature de tout accord chiffré.

2 L'attitude de l'administration Trump

Régulièrement, Donald Trump a montré un désintérêt total pour les questions environnementales. Le président Biden rompt avec cette attitude dès janvier 2021 en annonçant le retour des États-Unis dans l'Accord de Paris ▶ FICHES 53 ET 54.

II Les FTN et l'environnement

- **Jared Diamond**, biologiste et géographe de réputation internationale, considère qu'opposer entreprises et environnement ne peut qu'aboutir à l'échec dans la mesure où l'économie ne peut se passer des firmes transnationales (FTN).
- Il préconise donc de responsabiliser les entreprises en donnant la plus grande **publicité aux atteintes à l'environnement** qu'elles commettent, mais en travaillant aussi avec elles à la mise en place d'un **mode d'exploitation plus écologique**, seul viable sur le long terme.

- Les FTN états-uniennes sont dans le palmarès des entreprises les moins écologiques. Coca-Cola produit plus de 3 millions de tonnes de plastique par an, presque deux fois plus que la Suisse Nestlé, première FTN de l'agroalimentaire.
- Responsables de nombreuses catastrophiques écologiques, les FTN états-uniennes refusent en général d'en payer les conséquences. Ainsi, Amoco, responsable de la marée noire de 1978 en Bretagne, ne fut condamné à indemniser les victimes qu'en 1992.

> **Info**
> Dans les années 1980, pour des raisons de rentabilité, **Coca-Cola** abandonne la très écologique bouteille en verre consignée pour le plastique.

III Les ONG états-uniennes et l'environnement

- Les associations pour la nature apparaissent très tôt aux États-Unis. La société Audubon est créée à New York dès 1886 et John Muir ▶ FICHE 55 crée le Sierra Club à San Francisco dès 1892. Ces associations ont mené des actions de lobbying importantes en faveur de la plupart des grandes lois environnementales votées aux États-Unis.
- Le Sierra Club compte aujourd'hui 1,3 million de membres et met en place de nombreux programmes de protection et d'éducation à l'écologie.
- Fondé en 1970 à New York, le National Resources Defense Council (NRDC), avec ses 1,2 million de membres, est une des ONG environnementales les plus actives, menant en particulier une très active politique de lobbying au Congrès.

L'ESSENTIEL

Les États-Unis et l'environnement

L'administration états-unienne
- volonté de préserver un **mode de vie consumériste**
- **réticences** à suivre les initiatives internationales (George W. Bush, Donald Trump)

Les FTN américaines
- **réputation** de responsabilité écologique
- **priorité de la rentabilité** aux dépens de la nature (ex. : bouteilles en plastique de Coca-Cola)

Les ONG
- associations anciennes (ex. : Sierra Club, 1892)
- **lobbying** auprès du gouvernement et des entreprises

Quiz EXPRESS

57

Avez-vous bien révisé les fiches 48 à 56 ? On vérifie !

L'environnement

1 Exploiter, préserver et protéger

▶ FICHES 48 À 51

1. Sur quoi se fonde un développement durable ?

☐ **a.** l'économie ☐ **b.** la société ☐ **c.** l'environnement

2. D'après l'ONU, quel est en 2019 le pourcentage de la surface terrestre altérée par l'activité humaine ?

☐ **a.** 50 % ☐ **b.** 75 % ☐ **c.** 100 %

3. Quel est l'impact de la néolithisation sur les milieux ?

☐ **a.** la sédentarisation ☐ **b.** le développement de l'agriculture

☐ **c.** l'apparition de la métallurgie

2 L'évolution du climat

▶ FICHES 52 ET 53

Le « Petit Âge glaciaire » désigne…

☐ **a.** une des grandes glaciations préhistoriques.

☐ **b.** une prévision du climat pour les siècles à venir.

☐ **c.** un refroidissement d'environ 1 °C observable entre les XIVe et XIXe siècles de part et d'autre de l'Atlantique Nord.

3 Les États-Unis et l'environnement

▶ FICHES 54 À 56

1. En quelle année est créé le premier parc national du monde ?

☐ **a.** 1864 ☐ **b.** 1872 ☐ **c.** 1903

2. La fracturation hydraulique est une technique…

☐ **a.** d'irrigation. ☐ **b.** de construction de barrages.

☐ **c.** d'extraction des gaz et pétroles de schiste.

3. Quel président des États-Unis a déclaré en 1992 : « Le mode de vie des Américains n'est pas négociable » ?

☐ **a.** Ronald Reagan ☐ **b.** George H. W. Bush

☐ **c.** Bill Clinton

4. Quelle est la firme qui produit le plus de plastique ?

☐ **a.** Nestlé ☐ **b.** Danone ☐ **c.** Coca-Cola

CORRIGÉS

1 Exploiter, préserver et protéger

1. Réponses a, b et c. Le développement durable est un développement économique qui prend en compte la gestion des ressources naturelles et la réduction des inégalités.

2. Réponse b. D'après le rapport de l'ONU sur la biodiversité de mai 2019, 75 % de la surface terrestre sont altérés par les activités humaines. La destruction accélérée de la biosphère laisse supposer aux biologistes que la Terre est à la veille de la sixième extinction de masse des espèces animales.

3. Réponses a et b. La néolithisation se traduit par le passage à l'agriculture et à la sédentarisation. L'âge du bronze (– 1700) marque la fin du Néolithique.

2 L'évolution du climat

Réponse c. Le « Petit Âge glaciaire » désigne une période de refroidissement qui s'étend des derniers siècles du Moyen Âge aux années 1850. La dernière grande glaciation, celle de Würm, prend fin vers – 10 000.

3 Les États-Unis et l'environnement

1. Réponse b. Le Yellowstone, premier parc national de l'histoire, est créé en 1872, le Yosemite en 1864 et l'Arctic National Wildlife Refuge en 1903.

2. Réponse c. La fracturation hydraulique est la principale technique d'extraction du gaz et du pétrole de schiste. Elle est largement critiquée pour ses conséquences écologiques.

3. Réponse b. C'est le président républicain George H. W. Bush, successeur de Ronald Reagan, qui prononce cette phrase en 1992.

4. Réponse c. Coca-Cola produit à elle seule 3 millions de tonnes de plastique, loin devant la FTN suisse Nestlé ou la FTN française Danone.

Info

Les loups, alors considérés comme nuisibles, avaient été éradiqués du **Yellowstone** dans les années 1920. Ils ont été réintroduits à partir de 1995 en raison de leur rôle positif pour l'équilibre de l'écosystème.

FLASHCARDS

Mémorisez les idées clés des fiches 47 à 56

58

L'environnement

1

Quels sont les objectifs de l'ordonnance de Colbert sur les Eaux et Forêts ?

▶ FICHE 50

2

Quelle est la place de la néolithisation dans l'histoire de l'environnement ?

▶ FICHE 51

3

Qu'est-ce que le GIEC ?

▶ FICHE 53

4

Quelles sont les initiatives de l'ONU contre le changement climatique ?

▶ FICHE 53

5

Qu'est-ce que le préservationnisme ?

▶ FICHE 54

6

Qu'est-ce que le conservationnisme ?

▶ FICHE 54

7

À quels problèmes environnementaux l'État du Montana se trouve-t-il confronté ?

▶ FICHE 55

8

Quel était le but du Park Movement ?

▶ FICHE 55

RÉPONSES

Pour mieux ancrer les connaissances, découpez les cartes et jouez avec !

2

La **néolithisation** est une **révolution socio-économique** (marquée par l'invention de l'agriculture) et **démographique** (la population humaine passe de 10 millions à plus de 100 millions vers – 1700).

1

L'**ordonnance des Eaux et Forêts (1669)** constitue la première approche moderne de la forêt. L'État royal s'emploie alors à **protéger les forêts afin d'en améliorer la qualité et l'exploitation**.

4

Après le **Sommet de Rio** (1992), la Conférence des Nations unies sur l'environnement et le développement crée la **Conférence des Parties** (1995) qui décide du **protocole de Kyoto** (1997).

3

Créé en 1988, le **GIEC** (Groupe d'experts intergouvernemental sur l'évolution du climat) est un **organe des Nations Unies** regroupant les chercheurs de 195 pays.

6

Conservationnisme : doctrine visant à protéger et à gérer la nature de manière durable, non pour elle-même, mais **pour les ressources** qu'elle offre à l'Homme.

5

Préservationnisme : doctrine considérant que la nature a une valeur intrinsèque, esthétique et morale et qu'il convient de la protéger **pour elle-même**.

8

À l'initiative de F. Law Olmsted et de C. Vaux, le **Park Movement** a conduit les grandes villes états-uniennes à se doter de **grands parcs urbains** sur le modèle de **Central Park** à New York.

7

Le **Montana** possède des **paysages naturels à préserver**, mais a hérité de son histoire minière une **pollution chimique** qui a contaminé les sols et les cours d'eau.

La notion de « société de la connaissance » : portée et débats

59

☐ OK

Dans l'après-guerre émerge l'idée d'une société de la connaissance, qui témoigne de la prise de conscience des enjeux stratégiques du savoir par les États, mais dont la réalité fait encore débat.

I Une société qui se recentre sur la connaissance

1 De la société de l'information...

- Au lendemain de la Seconde Guerre mondiale, les progrès des technologies de l'information et de la communication (TIC) à bas coût marquent la fin de la société industrielle et ouvrent l'ère de la société de l'information.
- Les progrès des TIC permettent une amplification des connaissances scientifiques dont on pense qu'elles apporteront un bénéfice général à la société. Mais la technologie n'est qu'un moyen, elle ne produit pas de la connaissance par elle-même.

2 ... à l'économie du savoir

- En 1969, le professeur américain Peter Drucker énonce le concept de société de la connaissance (*knowledge society*). Fondée sur l'éducation de masse comme condition essentielle à une société nouvelle, elle se caractérise par la diffusion de technologies de l'information capables d'agréger les savoirs (bases de données informatiques puis Internet), et place la connaissance au cœur d'une économie du savoir.

> **Mot clé**
> Le terme anglais ***knowledge*** se traduit par **connaissance**, contenu assimilé extérieur au sujet, ou par **savoir**, aptitude qui s'acquiert par l'étude ou l'expérience. Un savoir est une connaissance qui a fait l'objet d'une appropriation.

- La connaissance deviendrait le capital central des entreprises au détriment du capital matériel ; l'employé typique serait le « travailleur de la connaissance » (*knowledge worker*), « cerveau-d'œuvre » plus que main-d'œuvre.
- L'école et les universités deviennent dans cette analyse les lieux privilégiés d'une politique de la connaissance, mais doivent se réformer pour gagner en productivité et efficacité.

II Le savoir, un capital à cultiver et protéger

1 Le savoir comme source de croissance économique

- **Étudiants** et **chercheurs** sont un capital que les États cherchent à capter (*brain drain* ▶ FICHE 65) et dont ils n'hésitent pas à voler les résultats (espionnage industriel ▶ FICHE 64).
- **Internet** efface les frontières de l'espace et du temps, et remet en question le rôle historique des États dans la production et la diffusion du savoir, remplacé par celui des firmes transnationales (**FTN**). La connaissance reste un important **enjeu de pouvoir** tant au niveau national qu'international ▶ FICHE 67.
- Le stockage et l'analyse de l'immense masse d'informations requièrent aujourd'hui des systèmes informatiques mis en réseau (le **cyberespace** ▶ FICHE 66), indispensables au maintien de la compétitivité.

2 Le savoir, un capital comme les autres ?

- Ce modèle fait aujourd'hui **débat** : dans une telle société, fruit d'une vision managériale, que deviennent ceux qui ont moins facilement accès à la connaissance, et notamment au **savoir dominant, essentiellement occidental** ? Les exclus d'Internet (zones blanches), la circulation exponentielle de la désinformation, l'inégalité de l'accès au savoir ▶ FICHE 62 imposent la nuance.
- Dans cette **dimension utilitariste** de la connaissance, le savoir est **instrumentalisé** : la formation remplace l'instruction, la connaissance est réduite à sa fonction économique où ne sont valorisés que les savoirs réputés utiles. Dans ce contexte, la recherche n'est plus tournée que vers l'innovation industrielle.

L'ESSENTIEL

La « société de la connaissance »

Une société centrée sur la connaissance
- **après 1945** : progrès des TIC
→ ère de la société de l'information
- **années 1960** : ère de l'économie du savoir
→ P. Drucker, « *knowledge society* » (1969)

Le savoir, capital à cultiver et protéger
- **années 1990** : Internet renforce les FTN dans la production et la diffusion du savoir
- inégalité d'accès à l'information et au savoir
→ un savoir instrumentalisé par l'économie

Communautés savantes et communautés scientifiques

60

☐ OK

Loin de l'érudit terré dans son laboratoire, le chercheur construit la connaissance scientifique au sein d'une communauté, plus que jamais stratégique.

I La communauté, socle de la connaissance scientifique

1 La communauté scientifique valide le savoir

- La construction de la connaissance scientifique exige de se référer à des pairs qui légitiment les travaux de recherche par leur évaluation au sein de comités de lecture lors de leur communication. Les chercheurs ont donc besoin d'une communauté scientifique, savants experts dans leur domaine, pour enrichir leur champ de recherche, notamment par la confrontation des regards et la controverse.
- La communauté savante associe les experts aux amateurs : la population se forme grâce aux scientifiques mais a également un rôle de construction et de diffusion du savoir.

2 Communautés scientifiques et savantes dans l'histoire

- Les communautés de scientifiques sont liées à l'essor des sciences dès l'Antiquité. À Alexandrie au IIIe siècle av. J.-C., Ptolémée Ier fait construire un Musée pour réunir les meilleurs chercheurs. À Bagdad au IXe siècle, ils sont réunis par le calife Al-Mamun dans la Maison de la Sagesse pour échanger et accéder aux livres traduits. Mais plus la recherche se spécialise, à partir du XVIIe siècle, plus une communauté savante émerge pour faciliter la diffusion des connaissances entre institutions (académies, universités) et lieux de savoir (laboratoires), entre grands centres mondiaux et nouveaux pôles scientifiques.
- L'État assure un rôle primordial pour la communauté scientifique, par son financement, sa protection ou son contrôle. Selon les époques et les régimes, il favorise plus ou moins la science ou la censure. Le rôle des communautés de savants est également d'aider les scientifiques à échapper aux pressions, à l'image d'une République des Lettres.

Mot clé

La **République des Lettres** naît en Italie au XVe siècle, idéal de collaboration libre et désintéressée entre érudits, pour permettre aux savants d'échapper au contrôle de l'Église.

II Enjeux et défis de la communauté scientifique

1 Une communauté entre coopération et concurrence

- La recherche est tiraillée entre un **idéal de partage universel du savoir** ▶ FICHE 63 et les **ambitions** des chercheurs, de leurs laboratoires et des **États qui les financent**, créant de la concurrence.
- La production de connaissance est parfois source de **conflits entre États** (guerres des brevets, récupération des compétences), y compris au prix d'espionnage scientifique et industriel ▶ FICHE 64.

2 Les nouveaux défis de la communauté scientifique

- Les savoirs scientifiques sont **au cœur de la hiérarchie économique et politique des États**, notamment par leur poids dans la richesse des pays. La **mondialisation** renforce l'âpreté de la compétition internationale, notamment entre les pays développés ou avec les pays émergents qui les défient ▶ FICHE 65.
- La société de la connaissance place la **science au cœur des intérêts** : émancipée du pouvoir religieux et politique, celle-ci risque de retomber sous l'**influence du pouvoir économique**. Le défi est donc de réfléchir au rôle et aux **responsabilités de la communauté scientifique** et à son **indépendance**.
- La communauté scientifique étend son **réseau** dans le cyberespace ▶ FICHE 66. Mais cette **science-monde** tend à se diluer : Internet est à la fois un idéal de communauté savante universelle et un univers anarchique du savoir.

L'ESSENTIEL

La communauté scientifique

Facteurs de coopération
- **idéal de partage** universel du savoir
- **cyberespace** en tant que science-monde
- **conscience des responsabilités** de la science

Facteurs de concurrence
- **ambitions** des chercheurs, des laboratoires, des États : guerres des brevets, *brain drain*...
- **concurrence** économique et politique des pays émergents

Les acteurs et les modalités de la circulation de la connaissance

61

☐ OK

La connaissance, notamment scientifique, a une vocation universelle qui la destine à circuler, du monde savant à l'ensemble du public, sous l'impulsion de multiples acteurs.

I Une meilleure circulation du savoir

1 Circuler pour mieux construire la connaissance

- Faire circuler la connaissance, c'est permettre une meilleure élaboration des savoirs, par la collaboration des chercheurs ▶ FICHE 63, la comparaison des axes de recherche, mais aussi pour faire émerger la controverse qui corrige et enrichit la compréhension.
- Depuis le XVIIe siècle, cette circulation s'accélère : les savants voyagent au sein des cours des princes mécènes, échangent entre universités et académies, traduisent les ouvrages de référence. Les progrès des moyens de transport et de communication facilitent ces mobilités. Les TIC entraînent une explosion des circulations, le cyberespace ouvre des perspectives inédites ▶ FICHE 66.
- Aujourd'hui, la recherche est internationale, chercheurs et étudiants travaillent en réseau et participent à des échanges (Erasmus). Certains pays émergents font le pari de la croissance par le transfert de la connaissance ▶ FICHE 65. Les revues scientifiques diffusent les savoirs et les rendent accessibles.

2 Un public qui s'élargit

- Le public, restreint jusqu'au XVIIIe siècle, s'élargit grâce aux sociétés savantes et à la vulgarisation scientifique dans la presse spécialisée.
- Au XIXe siècle, le savoir s'ouvre à de nouveaux publics grâce à l'alphabétisation ▶ FICHE 62. Les universités se réforment (Allemagne) et favorisent la liberté de recherche ainsi que la circulation des professeurs et des étudiants.
- Au XXe siècle, les connaissances sortent des milieux traditionnels (universités, spécialistes) et touchent la majorité de la population dans le cadre d'une économie du savoir ▶ FICHE 59. La mondialisation ouvre un espace planétaire des connaissances sans abolir les hiérarchies.

> **Mot clé**
>
> Apparue au milieu du XIXe siècle, la **vulgarisation** a pour but de mettre les connaissances scientifiques, toujours plus pointues, à la portée des non spécialistes.

II L'État, acteur central

1 Un facilitateur essentiel de la circulation…

- Les États favorisent les échanges pour en tirer un **profit scientifique, économique, militaire ou diplomatique**, que ce soit à l'intérieur du pays (organisation des universités, mobilités professorales et étudiantes) ou vers l'étranger.
- Des coopérations sont encouragées par des programmes d'échanges scientifiques ou l'organisation de colloques. En 2018, l'Union européenne construit un **espace européen de la recherche** ▶ FICHE 67 dans lequel chercheurs, connaissances scientifiques et technologies circulent librement.

2 … mais qui en organise également le contrôle

- Les États assurent aussi un rôle de **régulateur** des circulations (transferts de compétences, *brain drain* ▶ FICHE 65) et le système des **brevets** permet de mieux surveiller les connaissances les plus essentielles à l'industrie.
- Ils **limitent les transferts** quand les **enjeux sont stratégiques**, voire les interdisent quand la circulation peut mettre en danger le pays ▶ FICHE 63. Les dictatures filtrent le savoir à disposition des habitants par la **censure** ou le **contrôle** du cyberespace (Chine et Russie).
- Les États n'hésitent pas à organiser l'**espionnage** des connaissances qu'ils ne maîtrisent pas et qu'ils estiment indispensables ▶ FICHE 64.

L'ESSENTIEL

Une meilleure circulation des savoirs

Des savants qui circulent
- réseaux : universités, académies, revues…
- progrès des transports et des TIC

Un public qui s'élargit
- alphabétisation
- vulgarisation scientifique
- économie du savoir

Les initiatives de l'État et de l'UE
- programmes d'échanges (Erasmus…)
- espace européen de la recherche (2018)
- *brain drain*, brevets, contrôle du cyberespace

Alphabétiser les femmes du XVIe siècle à nos jours

62

☐ OK

L'alphabétisation est le fondement de l'accès à la connaissance des populations. Longtemps écartées, les femmes sont progressivement prises en considération.

I L'alphabétisation des filles, une nécessité tardive

1 Éduquer les filles ? (XVIe-XVIIIe siècle)

- Jusqu'au XIXe siècle, la population mondiale est **très majoritairement analphabète**, notamment les femmes, d'abord épouses et mères.
- Dès le XVIe siècle, la **nécessité d'éduquer les filles** à la lecture est soulevée : au Japon, afin d'assurer la défense du pays en cas du décès du mari ; en Europe, afin d'en faire de meilleures mères et épouses. Néanmoins, l'Église, alors principal vecteur de l'alphabétisation, se méfie de la lecture qui pourrait **inciter les femmes à s'émanciper**.

Mots clés

- L'**alphabétisation**, c'est apprendre à lire et écrire, et acquérir des outils pour accéder au savoir et à l'autonomie.
- Le but est la **littératie**, c'est-à-dire l'aptitude à comprendre et utiliser cette capacité dans la vie courante.

- Au XVIIe siècle, les **pays protestants** ouvrent la voie en autorisant les femmes à lire la Bible. De fait, l'alphabétisation féminine est plus élevée au nord (Danemark, Prusse) qu'au sud et à l'est de l'Europe. Mais au XVIIIe siècle, les femmes sont encore considérées comme inférieures intellectuellement. En **1789, seules 27 % des Françaises savent signer** le registre des mariages ; en 1861, moins de 12 % des Italiennes savent lire.

2 Vers l'alphabétisation de masse (XIXe-XXe siècle)

- À la fin du XIXe siècle, **les États se substituent à l'Église** et généralisent l'effort d'alphabétisation pour mieux répondre aux nouveaux besoins de l'économie et de l'administration, avec toujours un temps de retard pour les femmes. En France, la **loi Pelet de 1836** impose l'ouverture d'une école communale pour filles dans chaque commune et les **lois Ferry de 1881-1882** scolarisent obligatoirement filles et garçons.
- Certaines **politiques volontaristes d'État** donnent des résultats rapides, comme en URSS dans les années 1920 ou au Brésil dans les années 1960. En Inde, le taux d'alphabétisation des femmes passe de 39,3 % en 1991 à 50,3 % en 1997.

II Un objectif encore imparfaitement atteint

1 Les femmes, dernières analphabètes du monde

- En 2020, selon l'Unesco, 90 % des hommes contre **83 % des femmes savent lire et écrire** (51 % en Afrique subsaharienne). Les **deux tiers des 773 millions de personnes analphabètes** sont aujourd'hui des femmes.
- **Les écarts restent importants** : les filles des familles pauvres des pays en développement (PED) vont moins à l'école que les garçons, se marient très jeunes. L'alphabétisation de toutes les femmes ne devrait être atteinte qu'en **2070**.
- Dans les pays développés, l'analphabétisme a disparu mais l'illettrisme est encore un **facteur important d'exclusion**.

Mot clé

L'**illettrisme** est le fait d'avoir appris à lire mais sans maîtriser le sens des écrits déchiffrés.

2 La littératie des femmes, enjeu essentiel de société

- L'ONU et l'Unesco considèrent que l'alphabétisation des femmes est un **levier fondamental du développement** : un enfant dont la mère sait lire a 50 % de chances en plus de survivre après l'âge de cinq ans.
- Les institutions internationales et les ONG pallient le retard pris par les États les moins développés, conscientes que les femmes sont un **pilier de l'économie du savoir** : l'alphabétisation leur permet de s'insérer dans le marché du travail, améliore le niveau de santé du pays, accélère la transition démographique, réduit la pauvreté…

L'ESSENTIEL

L'alphabétisation des femmes

- Sociétés traditionnelles : les femmes sont réduites à leurs **rôles d'épouse et de mère**
- XIXe s. : **politiques publiques d'alphabétisation** de masse en Occident (1836, loi Pellet)
- XXIe s. : **levier du développement** socio-économique selon l'ONU et les ONG
- 2016 : **83 % des femmes savent lire et écrire** d'après l'Unesco (51 % en Afrique)
- 2016 : les femmes représentent encore les **deux tiers des 250 millions d'analphabètes**

Produire de la connaissance scientifique : la radioactivité

63

☐ OK

Fruit presque du hasard, la découverte de la radioactivité a mobilisé la communauté savante internationale dès 1896. Ses applications stratégiques sont progressivement prises en charge par les États au nom d'intérêts géopolitiques.

I La communauté savante mobilisée autour d'une découverte majeure (1896-1939)

1 Une émulation entre chercheurs internationaux

- Les connaissances sur la radioactivité sont le fruit de découvertes en cascade. C'est l'observation par l'Allemand Röntgen de mystérieux « rayons X » qui amène le Français Becquerel à mettre en évidence, par sérendipité, la radioactivité naturelle.

Mot clé

La **sérendipité** désigne la capacité de tirer profit d'une découverte inopinée ou d'une erreur.

- Les contacts et la collaboration entre chercheurs, entre universités, voire la transmission au sein des familles de scientifiques (Curie, Bohr…) favorisent l'effervescence de la recherche sur le sujet. Celle-ci est aussi le produit de la concurrence entre les scientifiques et entre les États, afin d'avoir le primat de la découverte, source de prestige et de brevets.
- En 1898, la Franco-Polonaise Marie Curie et son mari Pierre découvrent le polonium et le radium ; en 1899, le Britannique Rutherford identifie trois types de rayonnement ; en 1913, le Danois Bohr établit un modèle de l'atome. Plusieurs prix Nobel récompensent cette production scientifique hors du commun.

2 Les laboratoires, moteurs de l'innovation stratégique

La recherche progresse rapidement. Schrödinger et Heisenberg expliquent la radioactivité naturelle ; la radioactivité artificielle est mise en évidence par les époux Joliot-Curie en 1934. Ces connaissances s'associent à des innovations techniques majeures, notamment dans les domaines de la médecine et de la biologie (radiothérapie, marqueurs radioactifs…).

Mots clés

La **radioactivité** est le phénomène physique par lequel des noyaux atomiques instables se transforment spontanément (**radioactivité naturelle**) en d'autres atomes en émettant un rayonnement. Cette transformation peut être aussi provoquée (**radioactivité artificielle**).

II Des applications dirigées par les États (1939-années 1950)

1 Des applications militaires stratégiques

- En août 1939, Albert Einstein écrit au président américain Roosevelt pour attirer son attention sur la **possibilité de construire une bombe atomique**, avant que l'Allemagne nazie n'y parvienne. Le **projet *Manhattan***, dirigé par Robert Oppenheimer de 1939 à 1946, permet aux États-Unis de réunir les meilleurs spécialistes internationaux, notamment ceux qui ont fui les totalitarismes fascistes.

- La première bombe est testée en juillet 1945. En août, **deux bombes sont larguées contre le Japon**, *Little Boy* (uranium enrichi) à Hiroshima, *Fat Man* (plutonium) à Nagasaki. La connaissance scientifique pose désormais des questions existentielles. En août 1949, l'URSS fait à son tour exploser une bombe.

2 Un savoir fondamental

- Pendant la **guerre froide**, il n'est plus question de collaboration scientifique mais de **secret** et de **concurrence**, la connaissance étant un pilier stratégique du *hard power*. La recherche s'industrialise et s'inscrit dans la *Big Science*, reposant sur d'importants investissements financés par les États.

- Soucieux de conserver à la France un statut de puissance, les Français se tiennent au courant des recherches américaines par des indiscrétions. En 1945, de Gaulle crée le **Commissariat à l'énergie atomique** (CEA). Le programme nucléaire démarre en 1954.

L'ESSENTIEL

Découverte de la radioactivité →
- 1896 : **radioactivité naturelle** (Becquerel)
- 1898 : **polonium et radium** (Marie et Pierre Curie)
- 1913 : modèle de l'**atome** (Bohr)
- 1934 : **radioactivité artificielle** (Irène et Frédéric Joliot-Curie)

Applications de la radioactivité →
- **Usage médical** : radiologie, radiothérapie (début XXe s.)
- **Usage militaire** : bombe atomique (1945)
- **Usage civil** : centrales nucléaires (années 1950)

Les services secrets soviétiques et américains durant la guerre froide

64

☐ OK

Entre 1947 et 1991, chacun des deux blocs se livre à une compétition pour la maîtrise des connaissances, entre contrôle des siennes et espionnage de l'adversaire.

I Un enjeu majeur : l'efficacité du renseignement

1 Des structures de renseignement modernes

- Aux États-Unis, la politique d'endiguement justifie la restructuration du renseignement. La Central Intelligence Agency (CIA) est créée en 1947, complétée en 1952 par la National Security Agency (NSA) chargée des systèmes d'information.

Mot clé

Le **renseignement** est la collecte d'informations, l'analyse qui en est faite et la structure qui en assure le traitement.

- En URSS, Staline s'inspire du modèle de la CIA et crée le KGB (Comité pour la sécurité de l'État) en 1954, qui remplace le NKVD. L'Armée rouge a également son service de renseignement, le GRU.
- Ces agences sont de véritables armées secrètes : à la fin des années 1980, la CIA compte 30 000 agents officiels et plus de 100 000 agents officieux.
- Leurs missions sont très diverses : collecter des renseignements, recruter des informateurs, créer des réseaux, organiser le contre-espionnage, s'infiltrer, organiser des opérations de déstabilisation. Elles alimentent un climat de suspicion permanent, qui connaît son apogée aux États-Unis avec le maccarthysme (1950-1954), où la chasse aux espions devient une obsession.

2 Une priorité absolue

- La compétition pousse les États à engager des sommes et des moyens scientifiques considérables. L'information est collectée par tous les moyens, y compris par le recrutement d'anciens nazis (organisation Gehlen).
- Des technologies sont inventées ou améliorées pour mieux espionner l'ennemi ou éviter les fuites : micros, systèmes de décryptage, radars, avions furtifs, satellites… Les progrès sont tels que le renseignement technologique, moins coûteux et moins dangereux, remplace peu à peu les moyens humains.

II Espionner l'autre pour remporter la guerre

1 La connaissance, enjeu de l'espionnage

- La guerre froide est une **guerre technologique**. Le **domaine de la recherche** est tout de suite ciblé par les agences. Chercheurs et universitaires sont démarchés pour devenir des **taupes**, parfois dès leurs études (les **Cinq de Cambridge**). Les secrets de l'atome ont ainsi été espionnés (archives Venona ▶ FICHE 63).
- La guerre de la **désinformation** fait rage : les services alimentent la propagande ou diffusent des rumeurs, comme celle lancée par le KGB de la fabrication du virus du sida par un laboratoire américain.

2 L'espionnage militaire pour connaître l'ennemi

- Les **installations militaires sont un objectif prioritaire**, par des moyens humains – agents infiltrés tels **Poliakof**, officier du GRU informant la CIA de 1961 à 1986 – ou technologiques – projet de station spatiale habitée en 1963 pour observer les installations soviétiques.
- Ces informations permettent des succès, comme les **photos aériennes des missiles de Cuba** (1962), et leur absence signe les plus grandes déconvenues, tel l'échec de l'opération de la baie des Cochons (1961).

3 L'espionnage industriel pour ne pas se laisser distancer

- La guerre froide est également une **guerre industrielle**. Khrouchtchev crée une « Silicon Taiga » secrète dont les travaux sont alimentés par les fruits de l'espionnage technologique.
- À l'Ouest, Vladimir Vetrov, colonel du KGB (nom de code **Farewell**) livre 3 000 documents industriels secrets à la DST de 1981 à 1982, que la France livre aux Américains : la connaissance est un butin de guerre.

L'ESSENTIEL

Les services secrets américains →
- **CIA** créée en 1947
- **maccarthysme** (1950-1954) : chasse aux agents communistes
- photos aériennes des **missiles de Cuba** (1962)

Les services secrets soviétiques →
- **KGB** créé en 1954
- les **Cinq de Cambridge** (années 1930 à 1950)
- **rumeur** : virus du sida soi-disant créé par les États-Unis (1983)

La maîtrise de la connaissance scientifique en Inde

65

☐ OK

Puissance émergente, l'Inde a compris la nécessité de former des étudiants, par la coopération et l'investissement dans la connaissance.

I Une puissance émergente qui investit dans la connaissance

1 Un investissement dans la formation

- L'Inde ambitionne de devenir l'une des cinq premières puissances scientifiques, en consacrant 2 % de son PIB à la recherche.
- Elle a besoin d'une offre de formation de qualité plus ouverte à une coopération avec les universités étrangères. Celles-ci financent parfois les instituts d'ingénierie d'élite (IIT). L'Union européenne a signé un accord de partenariat scientifique dès 2001.

Chiffre clé

L'Inde compte 0,4 **chercheur pour 1000 actifs** (contre 1,8 en Chine et 7,9 aux États-Unis).

2 L'enjeu des transferts de connaissances

- L'Inde bénéficie aujourd'hui de transferts de connaissances des pays occidentaux, par le biais d'accords avec les États ou les firmes transnationales (FTN) ou *via* la diaspora. Elle vise à se défaire progressivement de cette dépendance.
- La priorité est au développement économique du pays, en mettant en place des initiatives comme le *Make in India*, opération de transfert de technologies par des investisseurs étrangers, et le *Digital India*, tourné vers le numérique.
- L'Inde mise sur la formation et le transfert de technologie dans les domaines médical et agricole pour étendre son influence et s'ouvrir de nouveaux marchés : des universités signent des partenariats en Afrique (plateformes de e-éducation, suivies par plus de 22 000 étudiants), le projet MAUSAM dans l'océan Indien vise à recréer des échanges commerciaux en s'appuyant sur la diaspora.

Mot clé

Le **transfert de connaissances** est le processus par lequel un savoir, une compétence ou une technologie mise au point par un pays parviennent à un autre. À la différence d'une licence, il est adapté au contexte du pays cible.

II Une stratégie pour l'avenir : du *brain drain* au *brain gain* ?

1 Une hémorragie qui pèse sur les potentialités du pays

- Chaque année, **300 000 Indiens** partent étudier à l'étranger (*brain drain*), ce qui affaiblit le capital humain du pays et montre la **faiblesse de son enseignement supérieur** : aucune université ne rentre dans les classements internationaux.
- **Cinq pays** abritent 85 % des étudiants indiens : États-Unis, Royaume-Uni, Australie, Canada et Nouvelle-Zélande. Le renchérissement des études aux États-Unis et les restrictions de visa au Royaume-Uni ouvrent de **nouvelles destinations en Asie** (Chine, Singapour, Arabie saoudite), qui ont fait la promotion des **opportunités en matière d'emploi**.

Mots clés

- Le ***brain drain***, fuite des cerveaux, est le flux migratoire des étudiants et scientifiques qui s'installent à l'étranger pour trouver de meilleures rémunérations et conditions de recherche
- Au contraire, le ***brain gain*** est l'immigration de travailleurs qualifiés.

2 La diaspora, un capital de développement

- L'État adopte une **politique d'encouragement des retours** (*brain gain*) avec des mesures incitatives (double nationalité, réductions d'impôts). Les expatriés reviennent avec des nouveaux savoirs à valoriser.
- La diaspora maintient des **liens précieux avec l'Inde**, par des transferts de devises, la participation à des **réseaux scientifiques et économiques**, et des transferts de technologie. Elle concourt à la **diffusion de normes sociales** favorables au développement (fécondité basse).

L'ESSENTIEL

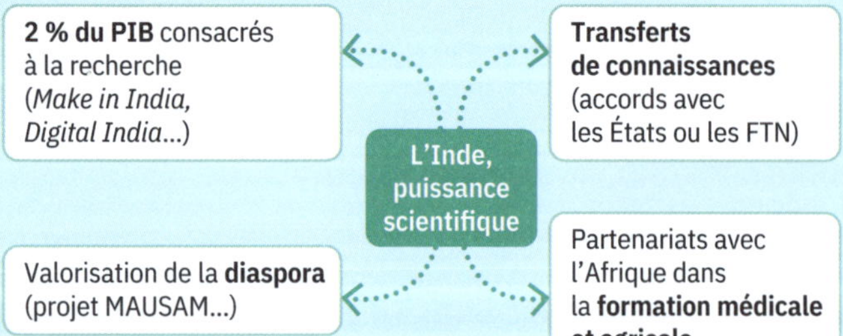

Le cyberespace, entre réseaux et territoires

66

OK

Espace virtuel de la connaissance, le cyberespace est aussi un territoire dont les frontières et les limites de souveraineté sont difficiles à définir.

I Un espace virtuel aux enjeux territoriaux

1 Un espace difficile à définir

Le cyberespace est un espace d'information constitué du réseau maillé des infrastructures des technologies de l'information (dont Internet) et de télécommunication, généré par l'interconnexion globale des systèmes informatiques. C'est un espace intangible dans lequel ont lieu des échanges déterritorialisés où la distance est abolie. L'émergence du cyberespace a fait rêver à un « village global » libre de toute contrainte spatiale, avec un accès à la connaissance illimité. Aujourd'hui, il est perçu par les États comme un territoire à conquérir et à surveiller.

Info

Le terme **cyberespace** est apparu dans un roman de science-fiction de William Gibson, *Neuromancer*, en 1984. S'il ne désigne pas un territoire, il est souvent perçu comme tel.

2 Un réseau complexe constitué de couches superposées

- La première couche est l'infrastructure physique : câbles terrestres et sous-marins, relais, serveurs. Elle est territorialisée et stratégique. Les autres sont virtuelles : services de transmission (routage et adressage), applications pour l'accès (web, mails, réseaux sociaux), producteurs et consommateurs de contenus (couche cognitive).
- Le réseau a été conçu pour laisser l'information circuler librement et pour contourner les blocages, notamment étatiques. Mais les États ont vite perçu sa vulnérabilité pour assurer leur contrôle : la Chine a ainsi repensé l'architecture du réseau pour imposer la censure.

II Un espace géopolitique majeur

1 Des acteurs multiples

- La plupart des réseaux sont possédés et administrés par le secteur privé (GAFAM). La gouvernance et la régulation des États (RGPD dans l'UE) rendue difficile par l'absence de frontières de cet espace.

- Le cyberespace bouleverse la hiérarchie entre **pouvoir traditionnel** (gouvernements, institutions, grandes entreprises) et **pouvoir distribué** (hacktivistes, hackers, criminels). Sa forte accessibilité privilégie les petits acteurs.

2 Des enjeux de pouvoir économique et politique

- Inventeurs du premier réseau, les **États-Unis** en ont conçu l'**architecture**, construit l'infrastructure physique, et gardent une **nette avance technologique**. Ils entendent garder la **maîtrise de la gouvernance** et s'opposent à une entente mondiale. Ils appliquent le principe d'extraterritorialité.

- L'**affaire Snowden** (2013) a montré les limites de cette hégémonie et provoqué **des revendications de souveraineté nationale** (protection des données stratégiques). Mais une moindre coopération internationale affaiblirait la **lutte contre la cybercriminalité** ▶ FICHE 67.

> **Mot clé**
>
> Le **principe d'extraterritorialité** est une situation dans laquelle les compétences d'un État régissent des rapports de droit situés en dehors de son territoire.

- Les puissances émergentes (Russie, Chine, Brésil) contestent cette suprématie. L'UE reste en retrait.

3 L'illusion d'un espace unique, ouvert et sans contrôle

- Le cyberespace est **multiple, constitué de sous-ensembles linguistiques**, culturels ou politiques : le web est différent selon l'endroit où on se connecte.

- Les **acteurs économiques** ont intérêt à maintenir son ouverture et son **interopérabilité**. Ils soutiennent les initiatives qui promeuvent sa liberté.

- Les États peinent à concilier les aspirations des utilisateurs à un espace ouvert et libre (*open data*) et leur volonté de **contrôle sur la circulation des données** (*big data*).

L'ESSENTIEL

Architecture abstraite
- programmes et protocoles
- logiciels
- données publiées
- etc.

⟵ **Le cyberespace, entre réseaux et territoires** ⟶

Infrastructures physiques
- câbles terrestres
- serveurs
- satellites
- etc.

La cyberdéfense française, entre coopération et souveraineté

67

☐ OK

Entrée tardivement dans le cyberespace, la France essaye d'imposer sa marque de puissance internationale dans la cyberdéfense.

I L'affirmation progressive de la France comme cyberpuissance

1 Une prise de conscience tardive des fragilités françaises

- Avec les cyberattaques de 2007 contre l'Estonie, la France a pris conscience de son **impréparation** face aux menaces. Depuis celles contre la Géorgie en 2008, l'État renforce ses capacités et cherche à **accroître sa puissance et son contrôle**.
- En 2020, **1 082 incidents de sécurité** ont visé des dispositifs stratégiques. La France doit se protéger des autres États (espionnage d'un satellite militaire par la Russie en 2017) ou des hackers, les cyberattaques souffrant d'une difficulté d'imputabilité.
- La France est **dépendante des équipements** américains et chinois et des plateformes américaines, la fragilisant face à l'**espionnage** et au **vol de la propriété intellectuelle** (piratage de TV5 Monde en 2015).

> **Mot clé**
>
> La **difficulté d'imputabilité** est la difficulté à désigner les commanditaires d'une cyberattaque. Ceux-ci se cachent souvent derrière des hackers qui servent d'intermédiaires (*proxies*) : cet anonymat de la belligérance – stratégiquement nouveau – est renforcé par la volatilité de la preuve.

2 Une mobilisation offensive

- La cyberdéfense est érigée au rang de **priorité nationale** par le Livre blanc pour la défense et la sécurité nationale (2013). Comme la terre ou la mer, le cyberespace constitue un milieu à défendre ; les armes cybernétiques font partie de l'arsenal.
- En janvier 2019 l'armée révèle sa **doctrine militaire de lutte informatique offensive** (LIO). La loi de programmation militaire 2019-2025 prévoit un investissement de 1,6 milliard d'euros et le recrutement de 1 000 cybercombattants pour atteindre un effectif de 4 000 d'ici 2025.

II La France, moteur d'une gouvernance et d'une cybersécurité coopératives

1 Le rétablissement de la souveraineté numérique

- La France se veut une cyberpuissance indépendante. Elle a pour objectif prioritaire de **développer une cyberdiplomatie** et définir un cadre de sécurité collective stable (**appel de Paris** de 2018).
- Elle construit sa résilience grâce à l'**Agence nationale de sécurité des systèmes d'information (ANSSI)**, autorité chargée de prévenir et de réagir face aux attaques visant les institutions sensibles.
- Le dispositif est complété par le commandement de cyberdéfense (2017) du **ministère des Armées** qui protège les réseaux nationaux et par le **ministère de l'Intérieur** en charge de la lutte contre la cybercriminalité.

2 Une volonté de renforcer la coopération européenne

- La France ne peut assurer seule sa cyberdéfense et milite pour plus de coordination dans l'UE pour préparer des **réponses conjointes en temps de crise** : un traitement coordonné européen serait plus efficace.
- Elle fait appel à la capacité normative de l'UE pour proposer un régime juridique qui servirait d'exemple, attirerait les entreprises et favoriserait son influence, notamment pour **contrer l'extraterritorialité imposée par les États-Unis** ▶ FICHE 66.
- Elle défend le concept d'**autonomie stratégique numérique de l'UE** afin de favoriser un déploiement de technologies et de services de cybersécurité fiables et indépendants. Cependant, en coordination avec l'OTAN, la France a été à l'initiative de l'**Engagement pour la cyberdéfense** (2016) qui reconnaît qu'en cas de cyberattaque, la solidarité des États membres peut être déclenchée.

L'ESSENTIEL

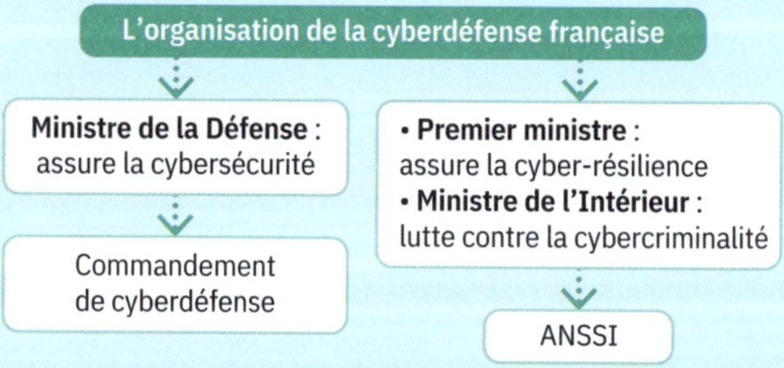

Quiz EXPRESS 68

Avez-vous bien révisé les fiches 59 à 67 ? On vérifie !

L'enjeu de la connaissance

1 La société de la connaissance

▶ FICHES 59 À 61

1. La science subit de plus en plus l'influence du pouvoir...

☐ **a.** politique. ☐ **b.** économique. ☐ **c.** religieux.

2. La mondialisation élargit-elle le champ des connaissances ?

☐ **a.** Oui, en facilitant la circulation des savoirs et des hommes.

☐ **b.** Oui, en abolissant les hiérarchies entre les pays.

☐ **c.** Non, elle n'a pas d'impact sur le champ des connaissances.

2 La connaissance, un enjeu politique et géopolitique

▶ FICHES 62 À 65

1. Combien reste-t-il d'analphabètes dans le monde ?

☐ **a.** 750 millions ☐ **b.** 75 millions ☐ **c.** 1,2 milliard

2. Pourquoi, à la CIA, le renseignement technologique remplace-t-il peu à peu les moyens humains ?

☐ **a.** plus personne n'accepte d'aller espionner les Soviétiques

☐ **b.** le renseignement technologique suffit

☐ **c.** l'espionnage humain est de plus en plus dangereux et cher

3 Le cyberespace, entre réseaux et territoires

▶ FICHES 66 ET 67

1. Qui a une position dominante dans le cyberespace ?

☐ **a.** les États-Unis, concepteurs d'Internet et du réseau originel

☐ **b.** la France car elle produit les meilleurs contenus

☐ **c.** la Chine car elle abrite le plus grand nombre d'internautes

2. Combien d'incidents de sécurité ont visé des dispositifs stratégiques français en 2021 ?

☐ **a.** 182 ☐ **b.** 700 ☐ **c.** 1 082

CORRIGÉS

1 La société de la connaissance

1. Réponse b. Les intérêts économiques sont étroitement associés aux progrès de la science : une recherche intégralement tournée vers l'innovation peut être très lucrative. Mais le savoir ne se limite pas aux applications rentables.

2. Réponse a. La mondialisation accroît les mobilités, aussi bien humaines que des données. Cela favorise les échanges et alimente donc le champ des connaissances.

2 La connaissance, un enjeu politique et géopolitique

1. Réponse a. Ce chiffre ne descend pas aussi vite que les organisations internationales le souhaiteraient, notamment à cause de la sous-éducation des femmes.

2. Réponse c. L'espionnage est une activité dangereuse et chère. La technologie permet d'obtenir des résultats à moindre coût. Mais elle ne peut pas remplacer complètement l'homme.

3 Le cyberespace, entre réseaux et territoires

1. Réponse a. Les États-Unis sont les précurseurs, avec la création de l'ARPAnet à la fin des années 1960. Ils gardent une sérieuse avance technologique et les services liés au cyberespace sont souvent proposés par des firmes américaines.

2. Réponse c. En 2021, on a constaté 1 082 tentatives d'intrusion au sein de systèmes d'information stratégiques français.

Mot clé

L'**ARPAnet** est le premier réseau à transfert de paquets développé par le département de la Défense américain à la fin des années 1960.
Ce procédé est devenu la base du transfert de données sur Internet.

FLASHCARDS

Mémorisez les idées clés des fiches 59 à 67

69

L'enjeu de la connaissance

1

Qui a développé la notion de *knowledge society* ?

▶ FICHE 59

2

Quel était l'objectif du projet *Manhattan* ?

▶ FICHE 63

3

Qu'est-ce que le *brain drain* ?

▶ FICHE 65

4

Que fait l'Inde pour encourager le retour des chercheurs partis à l'étranger ?

▶ FICHE 65

5

Qu'est-ce que le cyberespace ?

▶ FICHE 66

6

Quelle affaire a montré que le cyberespace peut être un espace d'espionnage ?

▶ FICHE 66

7

Quels sont les principaux acteurs du cyberespace ?

▶ FICHE 66

8

Qu'est-ce que l'ANSSI ?

▶ FICHE 67

RÉPONSES

Pour mieux ancrer les connaissances, découpez les cartes et jouez avec !

2

Le **projet *Manhattan*** est le nom de code du **projet scientifique** secret américain qui a fabriqué la **première bombe atomique en 1945**, permettant aux États-Unis de mettre fin à la Seconde Guerre mondiale.

1

D'après **Peter Drucker** (1909-2005), le travailleur du savoir est le pilier de la nouvelle **société de la connaissance** (*knowledge society*).

4

Pour transformer le *brain drain* dont elle souffre en *brain gain* dont elle pourrait profiter, l'**Inde** met en place des **mesures incitatives** au retour : des **réductions fiscales** ou des **facilités administratives**.

3

***Brain drain* : départ des chercheurs et scientifiques** vers des pays où ils trouvent de meilleures conditions de vie et de travail. Pour les pays d'accueil, on parle de *brain gain*.

6

C'est l'**affaire Snowden** qui a montré que le cyberespace était utilisé par les États-Unis à des fins d'**espionnage** et de **surveillance**, avec des atteintes graves aux libertés individuelles.

5

Le **cyberespace** est une **superposition de couches structurées**, avec des **infrastructures concrètes** telles que les câbles sous-marins. Il n'y a pas un cyberespace mais des cyberespaces interconnectés.

8

L'**Agence nationale de sécurité des systèmes d'information** est l'autorité nationale en matière de cybersécurité, « pompier » du cyberespace français en cas de crise.

7

Le **cyberespace** fait coexister des acteurs de natures diverses : les **États** et **organisations internationales** sont confrontés à des **criminels** et **pirates** (hackers, qui sont parfois militants politiques).

Achevé d´imprimer en Espagne par Grafo à Basauri
Dépôt légal: n° 10470-9/03 - Mai 2025